RYU NOVELS

異史・新生日本軍③

変革する未来

羅門祐人

この作品はフィクションであり、
実在の人物・国家・団体とは一切関係ありません。

【目次】

ソ連
ウラジオストク
中華人民共和国
豆満江
鴨緑江
丹東
義州
清川江
咸興
朝鮮民主主義
人民共和国
カンドン
平壌
元山
通川
高城
遂安
日本海
沙里院
金山
杆城
延安
開城
[38度線]
江陵
ソウル
仁川
水原
大韓民国
大田
黄海
釜山

第1章　自由世界の意志

1

一九五一年六月六日　世界

北朝鮮各地への原爆投下から、おおよそ半日が経過した。

その間、主に朝鮮へ派遣されていた西側の従軍記者たちの手により、多岐にわたる記事の発信と航空機を用いた写真や映像の伝播が行なわれた。

すでに映像はアジア全域だけでなく、遠く西ヨーロッパにまで届いている。

さすがにアメリカ大陸までは、時間的に画像や映像を届けることはできていない。

合衆国国内には国防総省の発表として、五発の原爆の使用が伝えられただけとなっている（ハワイまでは届いているため、明日には西海岸でも画像・映像の公表があると思われる）。

それでも合衆国内では、凄まじい反応が巻きおこった。

画像や映像を見せられた西ヨーロッパにおいては、さらに大規模な爆発的反応となった。

反応には、ある共通するものがあった。

アメリカ合衆国が、同じ核保有国であるソ連の意向を無視し、全面核戦争の覚悟すら犯してまで、朝鮮半島を共産主義者の手に渡すまいとした事実に戦慄《せんりつ》したのである。

世界は、合衆国に予想外の強い決意と覚悟があることを認識すると同時に、これから先、世界が核の惨禍に見舞われる可能性が高まったことに対する強い不安を抱きはじめた。

それらの声は、時間を追うごとに強まりつつある。

このまま放置すれば、大規模な反戦・反核デモに繋がるとホワイトハウスも判断し、沈静化を狙った大統領演説を臨時のラジオ放送で行なうと発表した。

演説は、アメリカ東部時間の本日正午に行なわれる。もうまもなくである。

臨時のラジオ放送は、全米のキー局すべてで行なわれることになっている。当然、国内各地のローカル局でも、主に転送するかたちで放送されることになる。これは海外のラジオ局も同様だ。

したがって多少の時間差はあるものの、事実上、世界全体に対するラジオ演説となるはずだ。

そしてそれは、秒針がぴったり零時の位置に重なると同時に始まった。

＊

「合衆国市民の皆さん、そして全世界の皆さん。私はアルバン・W・バークリー合衆国臨時大統領です。役職に臨時の文字がついていますが、合衆国憲法の定めるところにより、私の有する権限が正規の大統領となんら変わりのないことを、ここにあらためて告知いたします。

さて……我が国を中心とする国連軍は昨日、朝鮮半島北部の五箇所に対し、最新型の原子爆弾五発を使用しました。これは事前に、国連安保常任理事会の定めたところによる武力行使の流れに沿ったものであり、必要にして不可欠な措置であったと判断しています。

当初、朝鮮半島における紛争は、半島の北半分を掌握する北朝鮮と、南半分を掌握する韓国とのあいだに発生した純然たる内戦でした。

通常、国際法および国際慣例にしたがえば、独立国家の中で争われる内戦は国内事情の範疇《はんちゅう》であり、諸外国が当事国の要請なしに関与することは明白な内政干渉にあたります。

しかし発生当初から、北朝鮮軍はソ連軍の実質的な支援および指揮下にあったため、この内戦をソ連の間接的な侵略であると判断した国連常任理事会は、ただちに国連軍の編成および反攻作戦の着手を行ないました。

ソ連も国連常任理事国の一員であるのなら、国連の場で異議を申し立てるべきだったのですが、ソ連は北朝鮮に関する常任理事会を一貫して欠席したため、しかたなく参加理事国による全員賛成によって国連軍による介入が決定した経緯があります。

介入時点でのきわめて不利な状況から、一時は釜山付近まで追い詰められた連合軍でしたが、その後、反攻上陸作戦を実施することにより、短期間でソウルを奪還、さらには北朝鮮と中国との国境まで攻め上がることに成功しました。

本来ならこの時点で停戦を呼びかけ、南北朝鮮政府およびソ連と連合軍拠出国による、恒久的な停戦と国境線の確定が行なわれて然《しか》るべきでした。事実、連合軍はもとの三八度線を境とする国境線を復活させ、南北共存の道を呼びかけています。

しかし、ここで予想もつかぬ事態が勃発しました。ソ連は停戦の呼びかけに肯定的だったにも関わらず、裏で中国共産党政府を焚きつけ、人民義勇軍という名の一〇〇万名にもおよぶ大軍を、中朝国境を越えて投入してきたのです。

それまでの朝鮮紛争で対峙《たいじ》していた双方の勢力を上回る義勇軍……これほど馬鹿げた話はありま

せん。

　いかに中国共産党の支配する地域の人口が多かろうと、一〇〇万に達する武装勢力を組織的に動員し、速やかに国外の紛争地帯へ投入するには、国家規模の組織的かつ意図的な関与がなければ不可能だからです。

　当然、国連軍は侵攻してきた中国人民軍を、共産中国勢力の非正規軍として認識し、ここに朝鮮紛争は新たな段階へと突入しました。

　ご存知の通り、国際連合に参加している我々から見ると、いわゆる『中国』といえば、現在台湾へ移動している国連常任理事国、つまり中華民国を指します。

　対する中国共産党政府は、国連から正式な承認を得ていない、たんに中国国内に存在する非合法の武装集団ということになります。

　その武装集団が中国国内で戦闘を行なえば、これは中国国民党政権下における内戦と定義されます。しかし、国境を越えて朝鮮半島へ武装勢力を送り、その地において戦闘行為を実行すれば、他国に対する非正規軍によるあからさまな侵略となります。

　つまり中国人民軍は、朝鮮半島内で行なわれていた内戦に、国外からいきなり乱入して戦闘行為を行なっている外敵となり、朝鮮半島内戦を終結させるために集まった連合軍としては、よけいな混乱を避ける意味で、最優先で排除しなければならない存在となったのです。

　反対に、それまで北朝鮮の間接的な軍事支援者であったソ連は、中国人民軍の侵攻と入れ代わるように、徐々に介入規模を縮小しつつあります。

　まだ若干数のソ連軍事顧問団が朝鮮領内にいると思われますが、少なくとも直接的な軍事支援である航空機や戦車の新規投入はゼロに近い状況となっています。

この情勢の変化を重視した英国は、現在の英政府とは別に、主に英王室および英情報機関の働きにより、ソ連のモスクワへチャーチル前首相を密使として派遣することに成功しました。

この慌ただしい動きの裏には、ベルリンで発生した国際的な破壊分子による東ベルリン攻撃未遂事件と、朝ソ国境にかかる鉄道橋の秘密工作爆破事件がありました。

英情報部は、これらの事件を中国共産党政府の中枢が画策・実行した証拠を突きとめ、チャーチル前首相を使い、それをソ連のスターリン書記長へ知らせたのです。

現時点においてこれら一連の英情報部工作は、事後報告のかたちではありますが、すでに英国労働党政権も承知・承認していることであり、英政府も正式な国家としての手段の行使と認めています。

中国共産党政府は朝鮮戦争に勝利し、自国の影響力を拡大するため、停戦に傾いていたソ連政府を、秘密工作により戦争を継続する方向へ引きもどそうとしました。

それどころかベルリン工作に至っては、ソ連がヨーロッパ方面において新たな戦争を開始することで、世界の目を極東地域からそらせるよう誘導しようとしました。

これがソ連政府の暗躍によるものではないことを、チャーチル前首相は確認しています。この件に関しては、ソ連は純然たる被害者なのです。

そもそもスターリン書記長は、韓国の李承晩大統領が、連合軍の占領下にある日本への武力侵攻のため釜山へ韓国軍の兵力を集中した結果、相対的に韓国北部の守りが手薄になったことが、朝鮮内戦を招いた根本原因だと考えているそうです。

三八度線の南側の守りが一方的に低下したのを見て、北朝鮮の金日成が半島統一の好機と捉えて南進を開始したのも、相手が攻め込んでくれと言わんばかりの行動に出たからとの見解を持っているそうです。

また韓国政府が、日本や米国に対する限度を越えた理不尽な反発を行なったことが、間接的には朝鮮戦争の原因になったことは、すでに我が国政府の統一見解となっています。

ようは在韓米軍の存在を嫌った韓国政府が、自ら招いた失態とも言えます。そしてまた、早期に在韓米軍が撤収すると北朝鮮側が見ていたことが、直接的な原因になったと伝えています。

ところがそれら一連の思惑に反し、北朝鮮の南進開始後、すぐさま連合軍が編成されて投入されたため、ソ連は北朝鮮軍の急激な崩壊を恐れはじめました。この推測は連合軍が実施した上陸作戦により、ほぼ確信となった……そう聞いています。

連合軍を阻止するため、ソ連政府は自国正規軍による直接・間接的な関与を行なった……すなわち、すべては苦肉の策だったとチャーチル前首相へ伝えました。

むろん私は合衆国の代表として、スターリン書記長の言い分を鵜呑みにはできません。しかし根本のところでは、チャーチル前首相の仲介により朝鮮半島を戦争前の状態に戻すプランには賛成であるとの認識を共有している……そう信じています。

しかし現実問題として、いま朝鮮半島において連合軍と対峙しているのは中国共産党の人民軍であり、事態は内戦の枠を越えて戦争の域に達しています。

しかも侵略してきた人民軍の数は、当初の一〇〇万からさらに一〇〇万もの増援を得て、古今東西の戦争においても、戦地の広さからすると未曾《みぞ》有《う》の規模に達しています。

そしてもっとも許しがたいのは、中国共産党政府が人民軍に対し、人海戦術を強要していることです。

武器を持って相手を打ち負かす正規の戦争ではなく、大量の人間を相手にぶつけ、人的損耗を気にすることなく、ただひたすら打ち寄せる大波のごとく侵攻させる……これはもう戦争と呼べるものではありません。

このままでは敵味方ともに恐ろしい被害を出し、朝鮮半島は血の海に沈む……私はそう判断し、連合軍最高司令長官であるマッカーサー将軍の進言を受け入れ、早急な解決策を命じました。それが昨日の原爆の連続投下でした。

中国人民軍を止めるには、もはや原爆しかない。ここで原爆の使用を躊躇《ちゅうちょ》すれば、原爆によって受ける中国人民軍の被害の何倍もの人命が失われることになる。

原爆の使用は、中国共産党首脳部と人民軍を正気へ戻すとともに、今後も勝ちめがないことを悟らせて祖国へ戻すための苦肉の策……いまもそう確信しています。

したがって私は、ここで原爆投下の命令を下した者として、中国人民軍および中国共産党政府に対し、あらためて強いメッセージを送ります。

これ以上、権力者の地域覇権的な欲望のために人民の命を無駄にしてはならない。中国人民軍は、ただちに中朝国境を越えて、共産中国の支配地域へ戻らなければならない。そうすれば連合軍も、速やかに三八度線より南へ下がり、停戦の準備に入るであろう。

だが、もし……もしも中国政府が、さらなる覇権を欲して人民軍を朝鮮領内へとどまらせたり、さらなる侵攻や増援を企てたりすれば、合衆国は人間の尊厳と世界の秩序の維持のため、この戦争を中国共産党政府との非正規戦争と認識し、さらなる強烈な攻撃を実施する。

もしこれらの応酬が今後も続けば、やがて朝鮮戦争は極東のみならず全世界へ波及し、第三次世界大戦へと拡大していくだろう。

それをソ連も合衆国も望んでいない。このことを確認するため、チャーチル前首相はモスクワへ赴いたのです。

世界の趨勢《すうせい》は、もう二度と世界大戦を起こしてはならないと決意している。それを中国共産党政府のみが、己《おのれ》の覇権を満たすため強引に遂行するとなれば、それ相応の罰を受けることになる。

重ねて強く要求する。中国共産党政府は、ただちに全人民軍を朝鮮半島から退去させよ。

もし一五日以内……現地時間の今月二一日正午までに全軍退去を完了しない場合、連合軍は新たな作戦を実施することを、ここに宣言する。

こちらの要求がかなえられた場合のみ、米ソ中三ヵ国による停戦協議を実施する。すべては共産中国の判断にかかっていることを、いま私は全世界に対し告知する次第である……」

緊急に行なわれたラジオ演説にしては、よく練られていた。

おそらくチャーチルがソ連から戻った時点で、すでに演説原稿のプロトタイプの作成が始まっていたのだろう。一日や二日で作成できる内容ではなかった。

しかも巧妙な心理誘導により、スターリンがチャーチルに伝えた事柄を自陣営に有利になるよう解釈し、中国共産党政府を孤立させる方向へと導いている。

スターリンも、合衆国大統領からここまで持ちあげられたら、いまさらソ連の国益を全面に出しての反論は行ないにくい。

いずれは仕返しじみた何かをするにしても、いまは状況に応じた対処をすることで、可能な限りの国益を確保することに専念するはずだ。

これらが対立する陣営を率いる宗主国の指導者に求められることを、同じ立場にあるバークリーも熟知しているがゆえの、意図的かつ政治的な揺さぶりだった。

かくして……。

のちに『世界が固唾《かたず》を呑んだ一五日間』が始まったのである。

2

六月七日　洞庭湖

「第二偵察大隊第一機動偵察中隊は、洞庭湖南岸付近の丘陵地帯に敵が潜んでいないか、まず先行して調べろ！」

通川《トンチョン》にある基幹陣地（以前は阻止陣地だったが、ここで人民軍の本隊をせき止める案が採用され、そのため増強された）から北西へ街道沿いに一〇キロ……二つの小さな湾を過ぎたあたりから が、いわゆる洞庭湖地区となる。

原爆が投下された六日朝の時点では、この道の途中には、人民軍の先遣部隊六万ほどがいた。

しかも、ゆっくりと人が歩む程度の速さで、なおかつ一時間に一回は一五分以上の休憩をとるなどして、まったく亀の歩みに近い速度で南下しつつあった。

人民軍の侵攻速度が遅いのは、極度の飢餓状態にあるからだ。

本来なら進撃ではなく退却して、部隊を根本から立て直さねばならない状況にあるというのに、ひたすら先へ進むのは、戻れば最後尾にいる監視部隊に射殺されるとわかっているからである。

日本軍は元山《ウォンサン》からサンホ地区、そして洞庭湖、通川と順次撤退するにあたり、徹底して物資を残さない行動に出ていた。

せっかく攻略した拠点を次々と手放すだけでも口惜しさ満杯なのに、敵に塩を送る行為など天地がひっくり返ってもあり得ない。それだけ、人海戦術によって戦死した仲間たちのことが悔やまれている。

ただし、奇策としてはあり得た。

侵攻してくる一万の人民軍につき雑穀一〇〇キロほどを残すという、与えないほうがまだ慈悲のある策が、いま現実に実施されている。

一万人につき一〇〇キロということは、一人あたり一〇グラムにしかならない。

これは水のように薄い粥を作って、ようやく一食分になる計算である。

当然、なんの腹の足しにもならず、かえって食料があるという現実だけが、人民軍に無益な飢えを感じさせることになる。

しかも押収した雑穀のほとんどは、人民軍の末端には与えられず、小隊長や大隊長といった部隊指揮官たちに奪われてしまう。

こうなると、上官に対する恨みは凄まじいものとなり、命令違反や敵前逃亡の原因となる……。

日本軍はここまで考えて、ごく少量の物資を計画的に残しつつ、撤収作業を行なったのである。

これを非人道的と責めるのはたやすいが、もともと圧倒的に兵力差のある日本軍が、少しでも人民軍の侵攻を遅らせ、自軍兵士の命を守るために創意工夫するのは当然のことであり、これを責める者は、日本軍に死ねと言っているのと同じである。

「軽機動連隊長！　機動偵察中隊長より短距離無線電話による通信が入っております!!」

先ほど偵察のための前進を命じた第三師団第一軽機動連隊長の川上宗司特任中佐のもとへ、指揮中戦車の車長が連絡にやってきた。

この指揮中戦車は、軽機動連隊に所属する司令部直属小隊の一輌だが、川上が乗る車輌ではない。

これは奇異なことで、指揮戦車に指揮官が乗っていないことになる。

この措置は川上の独断で行なっているものであり、川上自身は小回りの利く重機関銃搭載のジープに乗り、指揮中戦車は通信連絡用として近くに随伴させていた。

「いま行く」

部隊の指揮を行なっていた川上はジープを降りて、面倒くさそうに指揮中戦車へ向かった。

この手間だけは当人も無駄だと思っているが、ジープに無線機を載せたくとも、電力不足のため連隊指揮用の無線機は搭載できない。必然的に、嫌でも連絡するには指揮戦車の砲塔に上がる必要があった。

「連隊長だ。なにかあったか」

車長用のヘッドホンの片方を耳に押しつけ、川上は通話マイクのトークスイッチを押して通信を行なった。

『洞庭湖南岸を通る街道付近に、多数の人民軍兵士が座り込んでいます。どうしましょう』

どうしましょうも、相手は敵だ。そう感じた川上は、いささか呆れた声で答えた。

「敵がいるなら、偵察は中止だ。さっさと帰ってこい。すぐに軽機動大隊を向かわせる」

『いえ……それが、その。敵がいることは確かなんですが……いずれの敵も、街道の脇やら草むらに数名ずつ固まって座り込んでいて、こちらを発見しても、攻撃してくるどころか、棒にシャツをくくりつけた白旗を降ったり、手を上げたり下げたりしているだけなんです』

「それは……降伏する意志を見せているということか？　誰か中国語で呼びかけてみたか？　北京語で駄目なら上海語だ。それでも駄目なら広東語だが……」

報告の通りなら、明らかに投降の意志を示している。

疲労と飢餓により動けなくなった人民軍兵士が置き去りにされ、どうすることもできずに投降しようとしている可能性がある。ならばジュネーブ条約の手前、無視するわけにはいかない。

『中国各地の方言に精通している古参の隊員が二名いますので、めぼしい方言すべてで呼びかけています。しかし、呼びかけても返事がありません。安全のため少し距離を取っていますので、もしかすると、我々のところまで届くような声を出せないのかも……。少し近づいてもよろしいでしょうか？』

「どれくらい離れている」

『一〇〇メートルくらいです』

「よし、偵察中隊には軽戦車二輌がいるから、軽戦車を前に出して五〇メートルまで接近しろ。軽戦車の後から偵察小隊員が追随し、五〇メートル地点で、改めて投降を呼びかけろ。

ただし、注意しろよ。もし投降が擬装だった場合、五〇メートルだと擲弾《てきだん》も届くから、小隊員が危険に晒《さら》される。それ以上近づくと手榴弾でも届く。

敵兵に対する投降勧告の実施命令さえなければ、こんな面倒なことなど省いてなぎ払うんだが……そうもいかん。だから気をつけろ」

『了解しました。接近して投降勧告を実施します』

そこで無線電話は切れた。

川上は少し考えた後、指揮戦車の無線機スイッチを切り換え、連隊無線が通じるようにした。

「こちら連隊長、第一軽機動連隊の指揮各員に告げる。連隊隷下の第一機動偵察中隊が、洞庭湖南側で多数の敵兵を発見、現在、投降勧告を行なっている。

報告によると、どうも人民軍多数が動けずに街道沿いに取り残されているらしい。

そこで第一軽機動連隊隷下の各部隊は、軽機動大隊を先頭に、これより第一機動偵察中隊の支援に向かう。いつ敵と交戦になるかもわからんから、先頭を行く軽機動大隊各員は、いつでも降車戦闘が可能なよう準備しておけ。以上、命令後はただちに行動せよ」

動いてなんぼの軽機動連隊。

その点、川上の部隊は『尻が軽い』ので有名だ。

この場合の尻が軽いという揶揄《やゆ》は、悪口ではなく誉め言葉である。

慌ただしく動きはじめた第一軽機動連隊とは対照的に、第三師団の主力部隊となる第五歩兵連隊は、つい先ほど通川を出発したばかりで、約一〇キロの道のりを越えて到着するには、あと三時間ほど必要だ。

彼らを使えれば、もっと楽に人民軍に対処できるのだが、いないものは仕方がない。

むろん彼らが到着した後、本格的な部隊前進を実施し、以前に洞庭湖陣地があった場所まで奪還できれば、今度は第三師団所属の第一特殊工兵連隊の出番となる。

多彩な陣地構築用機材を揃えている部隊だけに、他の工兵部隊の二倍以上の速度で、またたく間に陣地を作りあげる様は爽快だ。

まさにアメリカ陸軍直伝のパワービルド工法の

ため、世界的に見ても陣地構築速度は最速に近い。

ここまでが第三師団の役目で、洞庭湖陣地を確保できたら、次の目標となるサンホ地区へは、ふたたび第一師団が中心となって進撃することになっている。

その他の部隊としては一個独立戦車連隊が常に随伴しているが、現在は独立第一戦車連隊がその任にあたっている。

＊

「俺の話していることがわかるか」

かなり流暢な上海語が、第一機動偵察中隊に所属する第二偵察小隊の乙部金作一等軍曹の口から流れた。

洞庭湖南部を通る街道脇にへたり込んでいる、三名の中国人民軍兵士へ話しかけている最中の光景である。

乙部は大戦時の中国派遣部隊員で、戦後もしばらく上海で商売をしていたという。詳しく過去を語らないところを見ると、陸軍の間諜だったのかもしれない。

乙部のような、けっこう胡散《うさん》臭い人物も在日米軍予備隊には大勢いる。

どんな人物であろうと、日本のために戦う意志があり、軍事に関する技量を持っていれば階級や給料で優遇されるシステムのため、大陸で食い潰して帰国したものの、食うに困って志願した者も多いと噂されている。

「……水、くれ」

見れば唇がカサカサに渇き、うまく舌もまわらないらしい。喋っている中国語は、上海から南京にかけての訛《なま》りがあった。

装備などどこにもなく、茶色く変色したボロ屑のようなシャツに、下は人民軍兵士がはいている短めのズボン。靴はなく、タイヤを加工したサンダルをはいている。

もしかすると生粋の人民解放軍ではなく、中華民国軍からの寝返り組かもしれない。彼らの待遇が悲惨なのは、すでに連合軍にも知れ渡っていた。

「誰か、水をやれ」

日本語で小隊員へ命令した乙部は、相手が水筒の水を飲むのを待った。

「貴様の所属と階級を教えてくれ」

「……中国人民解放軍石家庄人民派遣大隊……えぇと、小隊番号は忘れた。階級は二等人民兵」

どうやらもっとも下っ端の兵士らしい。

ほとんど訓練らしい訓練を施されていない、平時は屯田兵として農業をやっている部類の兵士だ。それが今回、人海戦術のため駆り出されたのである。

これまでの経験から、この手の兵士からまともな情報は手に入らないとわかっているが、乙部はなおも質問してみた。

「貴様らは、あの元山南部に集まっていた部隊の仲間か」

「そうだ。俺たちは先遣部隊として六個大隊で、人海戦術を用いて通川を制圧するよう命じられていた」

ようやく舌がまわるようになったらしく、言葉が滑らかになった。

人海戦術用部隊の六個大隊は、おおよそ五万から六万名の規模だ。これは日本側が把握している情報とも合致している。

「それがなぜ、こんなところで座り込んでいる。通川は、まだ一〇キロ以上先だぞ」

「昨日の昼過ぎに、大隊長のところに伝令がやってきた。そしたら指揮官たちが慌てはじめて、そのうちにどんどん来た道を戻りはじめた。歩けるやつは大隊長たちについていったが、俺たちは腹が減りすぎて動けなかったため、こうして取り残されてしまった。

その際、武器や弾薬、手榴弾なんかはすべて没収された。水筒も飯盒《はんごう》も上着も取られた。いったい何が起こったのか、さっぱりわからない。

たぶん北のほうから聞こえたでかい音が関係してるんだろうけど、もうそんなこと、どうでもいい。水も飲めたし、さっさと殺してくれ」

中国兵は相手が日本軍だと聞いて、おそらく死を覚悟していたはずだ。

なにしろ先の大戦では『日本鬼子《リーベングイズ》』と呼ばれ、死神と同等に恐れられていた存在である。つかまったら八つ裂きにされ、下手をすると食われると教わったに違いない。

そのバケモノのような日本人が、いま目の前にいる。無防備な彼らからすれば、もはや万事休すである。

「殺さないよ。それより腹が減ってるだろ。こんなものしかないけど、食うか」

乙部は胸ポケットから、干からびた大判の乾パンを取りだした。

それは米陸軍のコンバット・レーションに含まれるものだが、あまりにもまずいため、チーズやチョコレートは食べても、これだけは皆残している。

半日我慢すれば、陣地に戻って温かい麦飯が食えるのだから、誰も手をつけないのは当然の成り行きである。

「……!!」

声より先に手が出た。

目にも止まらぬ速さで乾パンをひったくる。すると、それまで空ろな目をしていた他の二人まで、震える手を伸ばして乾パンを奪おうとした。

「いきなり食うと喉に詰まるぞ。ゆっくり水と一緒に噛め。大丈夫、乾パンならいくらでもある」

そう告げると、乙部は小隊員たちに残していた乾パンをさし出すよう要請した。たちまち一〇枚以上の、手のひら大の大判乾パンが集まる。

乾パンをむさぼり食う人民兵を見ながら、横目で他の集団を盗み見してみる。

どこも似たような状況だった。なかには、もはや口もきけぬ重篤らしい者たちもいる。

米軍の医療機器の中には、最近になって大幅に普及してきた野戦用落下点滴装置がある。ガラス製の瓶に入ったリンゲル液を、瓶を逆さまにしてゴムチューブで中身を誘導し、腕の静脈から注入する方式のものだ。

あの便利な代物なら、ここにいる多くの者を助けられるのだが……。

残念ながら偵察中隊にいる衛生兵は、注射式の点滴剤しか持っていなかった。

しかも圧倒的に足りない。見渡す限りでも、数百名の人民兵が取り残されている。

ここから洞庭湖陣地のあった場所まで、あと道なりに三キロから四キロ……。

その間に、いったいどれだけの人民兵が置き去りになっているのか、想像するだけで背筋が寒くなった。

「こりゃ、軽機動連隊の本隊が来ても焼け石に水だな……。となると第三師団の本隊が到着するまで、あと四時間ほどかかる。その間、こいつらをどうすればいいのか……」

偵察中隊の人員数では、総出で搬送しても数十名が精一杯だ。

偵察車輌を使えば多少は楽になるが、あまり不用意に通川へ送り届けると、今度は先方が混乱する。

とくに現在のような、これから洞庭湖陣地を奪還して再構築するといった進撃過程にあっては、後方へ輸送するよりも、進撃に合わせて洞庭湖まで運ぶほうが混乱しないですむかもしれない。

それを決められるのは、最低でも連隊長……。

連隊長で駄目なら、師団長に采配を仰ぐしかない。

「おい、誰か！　中隊長のところに行って、軽機動連隊の到着をできるだけ早めてもらうよう嘆願してこい。俺たちだけじゃ無理だ」

自分にできるのは、上官に現状を訴えることだけだ。それが小隊員にできる精一杯のことだった。

3

六月八日　元山

六月六日の早朝に行なわれた原爆投下から、今日で丸二日が経過した。

一時は通川まで下がっていた日本軍陸上部隊も、原爆投下後に発令された進撃命令にしたがい、七日の夕刻には洞庭湖地区を通過し、夜のうちにかつて激戦が行なわれたサンホ地区へと戻ってきた。

その間、北朝鮮兵や中国人民軍との戦闘は、ただの一度も発生していない。

あれだけいた人民の海が、まるで津波の前に潮が引いていくように消えていた。

残っているものといえば、焚き火の跡やら小動物の喰い散らかされた骨、そして負傷の末に死亡したと見られる放置死体、そして驚くほど多数の見捨てられた人民兵たちだった。

なぜ洞庭湖地区を素通りしたかといえば、そこに陣地を構築するより、捕虜にした人民兵たちを一時的に隔離する施設を設置するほうが優先されると判断したからだ。

そこで急遽、陣地構築を諦め、有刺鉄線を張っただけの簡易収容所を作り、陣地にとどまるはずだった部隊を先に進ませたのである。

これから先、原爆投下地点となる元山平野南部へ接近するにつれて、おそらく捕虜になる人民兵の数はうなぎのぼりになる。死体も大幅に増えるだろうが、これは無視するしかない。

動けぬ敵兵のために本格的な医療救援施設を、早急にどこかへ設営しなければならない。その候補地に洞庭湖陣地跡が選ばれたのである。

現在の簡易収容所は、あくまで仮のものにすぎない。

最低でも後方から師団に所属する野戦病院がやってこないと、本格的な救援施設は作れないからだ。中国兵の数から考えると、下手をすると軍団所属の軍病院を動かす必要すらあるかもしれない。

ともあれ……。

予定は大幅に違ってきているが、結果的にサンホ地区までは奪還できた。

サンホ地区から元山南部平野の原爆投下地点まで、峠を越えるルートで行くと一〇キロ弱となる。

しかし途中には、標高四〇〇メートル以上の山地が立ちふさがっている。峠越えの道は一本のみだが、まだ峠付近までしか偵察部隊は出していない。

いくらなんでも、二日前まで数十万単位の人民軍がいた場所へ、少数の偵察部隊を出すわけにもいかない。

そこで、もっぱら原爆投下地点の情報は、洞庭湖の沖にいる日本海軍部隊の空母偵察機に頼るしかなかった。

その海軍情報によると、原爆投下直後から東海岸を進撃中だった中国人民軍の全軍が、一斉に西にある平壌《ピョンヤン》方向へと撤収を開始したという。

むろんそれは、動ける者たちによる逃避行であり、東海岸にある元山と咸興《ハムフン》の投下地点には、いまも多数の死体と動けない重症者が取り残されているらしい。

さらに恐ろしいのは、退避路となった主幹街道にも累々と倒れた兵士たちが残されていることだ。いずれも退避先のほうを向いたまま、力尽きて行き倒れたらしい。

たとえ動ける負傷兵であっても、自力で後方の施療所までたどり着かなければ、いずれ命を落とす。それが真実であることを、この街道上の遺体はなによりも明白に物語っていた。

これらの時間経過を追って何度も届けられた海軍情報により、日本陸軍部隊は敵に奪取された洞庭湖やサンホ地区には、もはや戦える敵軍がいないことを知った。

これが二日前の状況である。

それでも一気呵成に進撃とはいかなかった。

まだあちこちに、敵味方双方が設置した地雷が残っている。山の中には幾種類ものトラップが仕掛けられたままだ。

放置された敵傷病兵も無視できない。

それらを除去・回収しつつ、段階的な北上を実施した結果、ついに七日夜には最北部のサンホ地区まで奪還したのである。

＊

「見事なほど、なんもないな。俺たちが必死になって守った阻止陣地も、すっかり埋め戻されたままだ。中国兵の連中、はなからここに陣地を構築するつもりなんてなかったんだな……」

日本陸軍第一師団歩兵第一連隊。

たしかに三潴《みずま》栄吉の所属はもとのままだが、あの陣地防衛戦で多数の死傷者を出した第一連隊と現在の部隊とでは、似て非なるものへ変わっている。

　あまりにも甚大な被害を出したため、その後、洞庭湖まで下がった段階で、予備として移動してきた補充部隊を加えて再編成され、ほとんど別物の連隊として復活している。

　その第一連隊に最初から所属していた三潴は、再編と同時に行なわれた戦闘評価により一等兵へ昇進すると同時に、新たに着任した北浜康治特任少尉率いる第六小隊へ編入された。

「また塹壕、掘らされるのかと思ってうんざりしてたけど、どうやら夜明けを待って、このまま元山平野方面に進撃するらしいな」

　新たに三潴のいる小隊へ配属された豊後悦造特任一等兵が、ようやく打ち解けた調子で返事をした。

　豊後は本土からの増援組のため、まだ本格的な戦闘の経験がない。

　なのに一等兵なのは、日本での訓練時に射撃で格別良好な成績をあげたため、特別褒賞として昇進したからだ。

　したがって、戦地で昇進した三潴のほうが時期的には後任にもかかわらず、どちらかといえば三潴が先輩格として会話をリードしているのも当然である。

「あれだけいた敵が、すっかりいなくなったからな。あのまま人海戦術で攻められたら、こっちのほうが危なかった」

　俺だってあんな酷《ひど》い戦いかた、二度も三度もやりたくない……まあ、それでも攻めてきたら、また小銃三挺かかえて撃ちまくるけどな」

「もう何回も聞いたけど、いくら武器と弾薬があったからといっても、一人の歩兵が倒せる相手なんてたかが知れてるだろう？　おまえ、何人くらい殺したんだよ」

純粋な興味から出た質問なのだろうが、三潴にしてみれば、思いだしたくもないつらい記憶だ。それを無理矢理に探られ不快極まりなかった。

しかし新任の北浜小隊長から、すみやかに小隊内の親睦を深めて次の作戦に備えろと命じられているため、露骨に表情に出すわけにもいかない。

「さあな……あの時は夢中だったから。まあ、殺したかどうかはともかく、一〇〇人くらいは阻止したと思う。だいたい前方に現われたのが、そのくらいだったから」

「うひょー！」

第二次大戦においてさまざまな神話が生まれ、なかには千人切りといった現実無視の荒唐無稽な話もいまに伝わっている。

むろん復活した日本軍においては、可能な限り精神論を抑え、合理主義的な思考が奨励されている。そのため軍神に属するたぐいの話は、米陸軍の教官から他愛のない法螺話として無視するよう教わった。

なのにいま、目の前に数こそ少ないものの、本当に一人で一〇〇人を相手にした男がいる。

驚きの声をあげるのも当然だった。

「そんなに驚くなよ。後ろにいた機関銃担当の連中なんて、もっと倒してるはずだぞ。そうじゃなきゃ、たかが三〇〇〇名弱の陣地守備隊で、一〇万以上もの人民軍を追いかえすことなんてできないからな」

あの時は本当に味方兵力が足りなかった。

だが、いまは違う。

現在サンホ地区へ到達しているのは、第一師団第一連隊三〇〇〇のほかに、第一機動連隊三〇〇〇／第二師団第二砲兵連隊一二〇〇／独立第一戦車連隊第一戦車大隊五〇〇となっている。

これらは先遣の第一陣であり、これからも続々とやってくる。

いくら原爆投下で敵集団が霧散しているとはいえ、これから明日にかけて元山平野南部へ進撃するとなれば、それなりの兵力を用意しなければならない。

ここサンホ地区が、最終集結地点に指定されるのも当然である。

ちなみに進撃する部隊を統率しているのは、いまも巻部和宏第一師団長だ。

しかし、巻部と一緒にいた独立第四戦車連隊の文丘四郎連隊長は、今回の再編に伴い独立第一戦車連隊が前に出ることになったため、現在は通川で補給を受けながら待機部隊として休養中である。

「なあ……三瀦。俺、長崎出身なんだよ」

会話を中断するような感じで、いきなり豊後がぼそりと呟《つぶや》いた。

現在は大休止中のため、周辺では思い思いの姿で第一連隊の皆が腰を下ろしている。

そんななかで、豊後は煙草を口にくわえたまま、吐きだすように三瀦へ声をかけたのだ。

「……ん。それは小隊編入の時に聞いたが？」

「俺、先の大戦時は旧制高校の学生として、三菱長崎造船所に勤労動員されてたんだ。もう少し戦争が長引けば、たぶん学徒出陣させられてたと思う。せっかく徴兵されなかったってのに、戦後になって自分から在日米軍予備隊に志願したんだから、まったく親不孝者だよな」

なにかと思えば、唐突な自分語りらしい。

新たに戦場へやってきた新兵が、不安から逃れるため饒舌《じょうぜつ》になるのはよくあること……。

三瀦もそう思い、軽くうなずくだけで話を聞いてやる気分になった。

「でさ、勤労動員された先は、三菱造船所のすぐ裏にある稲佐山《いなさやま》の下を掘りぬいて作られた、地下トンネル工場だったんだ。

一緒に働いてた学生の中には、佐賀高女の女学生とかもいて、けっこう華やかだったんだぜ」

戦時中の学徒勤労動員といえばロクな話しか聞かないが、どうやら豊後のいた職場は例外だったらしい。

「そりゃよかったな。俺なんて中学で竹槍訓練させられてた。学校が終わっても、勤労奉仕を隣組とかで決めてたから、近所の工場でゴム板を切る作業ばっかやらされてたよ。

東京じゃなくて埼玉の西のほうの町だったから、空襲もそんなに酷くなかったけど、二度くらいは食らったかな」

「……それでさ。あの原爆投下の時も、俺、地下工場で働いてたんだ」

「……‼」

ようやく三潴は、豊後が何を言いたいのか理解した。

ただの自分語りではなく、今回使用された原爆と長崎の原爆を重ねあわせ、なにかを三潴に告げるつもりなのだ。

「ちょうど昼飯前でさ。工場で午前の作業終了の合図があって、みんなぞろぞろとトンネルを出口に向かって歩いてた。

昼飯は三菱造船所の勤労動員者専用の食堂で配膳されるから、いったん出ないと飯にありつけないんだ。あ、そういや、実家から通える連中は、弁当を持ってきてたっけ。

それで……俺、自分の担当だった鋳造部品のバリ取りに使うヤスリを、所定の場所に置かず作業台に置きっぱなしだったのに気づいて、慌てて戻った。

そのままだと、あとで班長に殴られるからな。

時間にして、ほんの三、四分だったかな。

で、出口近くまで戻った時、前のほうから空気の壁が襲ってきて吹っ飛ばされた。同時に凄まじい音がトンネル中に響いた。

さいわいにも打ち身程度ですんだから、すぐに起き上がって、いったい何が起こったのかって出口に急いで走った。

出口にたどり着く直前、そこらへんに何人かの人影が見えた。逆光になってたからよく見えなかったせいもあって、無視して出口に歩いて行ったら……近づくにつれて尋常じゃないもんが見えはじめた。

立っていたやつは上半身裸で、下は破れたもんぺをはいてた。裸の胸が膨らんで見えたから、たぶん女学生だったんだろう。

両手を前に出して、その手から皮膚がだらりとぶら下がってた。顔も上半身も吹き出た血で真っ赤……それでも口を開けて、助けてって言ってた。

ほんと、胸が大きくなきゃ、男か女かさえわからなかったんだ。それくらい酷いありさまだった。顔も火傷でめちゃくちゃだったし、露出してるところは血だらけだったからな。

俺は腰を抜かしそうになったけど、何があったのか好奇心のほうが強くって、ほとんど衝動的に外に飛びだした。そしたら、見慣れない風景がそこにあった。

いつも見ていた造船所の大きなドック屋根の建物は、ひん曲がって焼けこげた鉄骨の山になり果ててた。あちこちに倒れたり座りこんでる人間がいた。道路の先のほうにある造船所の敷地玄関付近の家は、ものの見事に潰れて燃えてた。

後から来た誰かが、空襲かって聞いてた。

でも、空襲なら何度かあってるし、空襲警報もろくに鳴らない程度だったっていうのに、町全体をぶっ壊すほどの大空襲なんて、普通おかしいって思うだろ？　俺もその時はそう思った。

茫然としていたら、後から班長がやってきて、今日は解散にするって言われた。

俺がその頃、住んでたのは、橋を渡って少し行った山王神社の近くの親戚の家だったから、そっちに戻ろうと思った。

いま思えば、親戚の家って爆心地から一キロも離れてなかったんだな。当然、戻ってみても、どこが家かすらわからなかった。神社の鳥居の残骸から、ここらへんだろうって見当がついた程度だった。

その日は結局、裏の山を越えたとこにある、山の陰で無事だった地区公民館に誘導され、そこで休むことになったけど、とても寝られたもんじゃない。

運びこまれた被爆者のうめき声や泣き声が酷くって、俺みたいな見た目がまともなやつは、みんな介護に駆り出されたんだ。そして……何もできないうちに、ぽろぽろと人が死んでいった。

次の日になって、なんとか公民館を抜け出して家のあったところに戻り、なにか残ってるものはないかって、すっかり焼け落ちた残骸を手で掘り返したりした。なにかしないと気が狂いそうだったんだ。

結果から言えば、誰かの焼けた骨があったのと、真鍮《しんちゅう》製のゆがんだ鍋が出てきたくらいで、写真ひとつ、俺の持ち物ひとつ見つからなかった。

しかたなく鍋を持って、また稲佐山のトンネル工場に戻ったよ。

その後は造船所員と軍の指示にしたがい諫早《いさはや》まで歩いて、そこから汽車で佐賀へ行き、ようやく電話で大分にある実家と連絡がついた。その後もごたごたしたけど……まあ、こうして生きてる」

豊後が長崎原爆の体験者だったことを聞いた三潴は、どう答えていいのかわからず、しかたなく自分も煙草を取り出して口にくわえた。

豊後が原爆のことに触れたのは、たぶん元山に落とされた原爆と関係している。

そこまではわかったが、その後がさっぱりわからなかった。

「思い出話は、ここまでだ。それで……俺が言いたいことは、これから俺たちが行く場所が、あの長崎と同じ状況なら、おそらくあの病気が部隊に蔓延《まんえん》する。そのことを小隊長に言うべきか、いま迷ってるんだ」

「あの病気？」

それは兵士たちのあいだで原爆病と呼ばれはじめている、一連の症状のことだった。

昨日に行なわれた巻部師団長の説明では、米軍からの情報という前置きで、原爆では放射線という目に見えない人体を破壊する光線みたいなものが発生すると聞いた。

ただし、それが発生するのは爆発時のみだから、その後に投下地点へ行っても問題はないと言われた。

その上で、日本政府の職員から厳重に注意されたことがある。

原爆の爆発時に発生した『黒い雨』と言われる煤《すす》の混じった水だけは、まだ放射線を発生させる物質が残っているので、飲み水は事前に調達したもの以外、絶対に現地で入手しないよう厳命されたのだ。

この追加事項は、おそらく広島・長崎での経験から、日本政府が独自につけ加えたものだろう。

それらの話の中に、いま豊後の言った病気があてはまるのか、いまいちピンとこない。だから聞きかえしたのだ。

「長崎の原爆の時は三日ぐらいたって、なんか身体がすごくだるくなって、歯茎から血が出るようになった。同時に髪の毛がぼそぼそと抜けはじめた。そのうち、尻の穴からも血が出るようになった。腹は痛いし頭も痛い。耳鳴りも酷くなった。

一週間後くらいが一番きつかったな。丸坊主にしてたってのに、まるでハゲがあちこちあるみたいになって、口はいつも血の味がするし、何をするのもダルいしで……あの時は、俺も死ぬのかなって思ったくらいだった。

病気の原因は、原爆しか考えられない。

佐賀でかかった医者は、火傷《やけど》もないし栄養失調じゃないかって言ってたけど、そのうち髪が抜けるのとか下血とかは原爆病のせいだって、どっかからの噂で聞いた。

だから、もしあの時と同じなら、絶対に爆心地あたりを掘っくり返しちゃいけない。たぶん、あの放射線ってやつがあちこちに残ってて、それが悪さするんだと思う。

俺の病気と同じ症状で、もっと酷かった連中は火傷してないにも関わらず、その後の何ヵ月か何年かして、半分くらい死んだって聞いた。風の便りじゃ、酷い死にざまだったみたいだ。

米軍とか日本政府は、俺たちに本当のことを教えてないかもしれない。そうじゃなきゃ、アメリカと日本のお偉いさんたちも、ホントのことをまだ知らないことになる。

だったらもう、自分で自分の身を守るしかないだろ？　戦争で死ぬのならまだしも、原爆の後始末で死ぬなんで馬鹿げてる……俺は、そんな目にあうため志願したんじゃない！」

「すぐ小隊長に相談すべきだと思う。なんなら俺もつき合うよ」

話を通すなら、大体止のあいだしかない。

休止が終われば集合がかかり、行軍再開となる。そうなれば、もう意見具申の機会はない。

「おまえも来てくれるならありがたい！　それじゃ、すぐ行こう!!」

先に豊後が立ち上がり、すぐ三潴も続いた。まだ煙草を吸っている途中だったが、足で踏み消した。

かくして……。

一介の兵士による小隊長への意見具申は、その後、思わぬ速さで師団長にまで届き、翌日における部隊行動の大幅な見直しにつながったのである。

4

六月一〇日　北京

「判明しているだけで五八万の戦死です」

朱徳人民革命軍事委員会副主席の沈痛な声を聞いても、毛沢東は眉ひとつ動かさなかった。

朱徳が口にした数は、ようやく北朝鮮各地からの報告がまとまり、共産党中央執行部へ上がってきたもの……すなわち公式な原爆投下による人民軍の被害数だ。

報告された数は死者数のみで、負傷者数は多すぎて集計できなかったらしい。

原爆投下時に朝鮮半島内にいた人民軍の数は、『第一次・第二次派遣の合計数から、これまでの死傷者数を引いたもの』であり、その総数は約一六〇万となる。

これに北朝鮮軍四〇万を足した二〇〇万が、現時点における朝鮮戦争に参加している共産側の総兵力だ（ただし、ソ連軍の数は中国側の集計に入っていない）。

それが五発の原爆により、一瞬にして五八万を失った。

現在の総数は一四二万。中国人民軍のみだと一〇二万となる。

戦争の全期間を通じ、じつに投入総数の半数近くを失った計算になる。これは壮絶な数字だった。

ただしこれは、あくまで党中央へ上がってきた数であり、現地の状況——歩ける者は被害数に加えずとの方針から、行き倒れた数は誰も確認する者がいないため加算されない。

さらには、現地部隊指揮官の保身から死傷者数を少なく報告するといった擬装などもあるため、あくまで公式に記録された『未帰還兵の数』であって、実数はさらに酷いと思われる。

当然、現地に置き去りにされてその後に死亡したり、重症のまま退避行動をして死んだ者もいる。

それらを無視した数などに意味があるはずもないが、少なくとも中国人民軍では通用する数だった。

この報告で換算すると、人民軍の残存数は一〇二万となる。

実際には、後方に退避していた北朝鮮軍が、いまも目減りせず四〇万の規模を維持しているため、大半の被害は原爆投下地点に集結していた中国人民解放軍だけで出したことになる。

もっとも……。

サバ読みに慣れていて実数を推測する術に長《た》けている共産党首脳部だけに、いくら粉飾された数字が上がってきても、ある程度は真実に近い数を見抜くことができる。毛沢東などは名人級の読みができるらしい。

実質一〇〇万を切った中国人民軍では、今後が苦しくなる。

この事実が朱徳に鎮痛な声を出させ、それを聞く毛沢東以外の全員の顔色を失わせたのである。

最後まで平然としていた毛沢東が、ついに口を開いた。

「……ソ連から要請されて出した最初の一〇〇万は、しょせん国内の政治犯と、捕虜や投降してきた国民党兵士どもだ。こちらが望んで出したわけではないので、失っても痛くないどころか、無駄飯食らいを破棄できたという意味ではありがたく感じている。

次の一〇〇万は我々の決断で実施したため、ある程度の損失と受け止めなければならない。それでもなお、主に旧国民党支配地域から徴兵した非共産党員のため、失っても代えはいくらでもいる。

だが……次に送りこむ第三次派遣一〇〇万は、正規に訓練した北京地区および瀋陽地区の人民解放軍将兵であり、それなりの装備も持たせてある。全中国共産党人民解放軍四〇〇万のうちの一〇〇万だ。すなわち我々がこれから送る兵士たちは、党の剣そのものだと考えてほしい。

いま現在、第三次派遣として集められている人民軍正規兵は、大半が天津に集合している。朝鮮領内に入った正規兵は、各地への連絡要員として先遣したものだけだから、ほとんど数のうちに入っていない。まったく……これまで主力の彼らを失わずにすんだのは、不幸中の幸いだった。

彼らが、いま朝鮮半島に残っている生き残りどもを弾除けにして、なおかつ敵の原爆攻撃を避けるために小さな複数の戦闘単位となり、散開しつつ一斉に進めば、連合軍は新たな人民の海に呑まれ、なす術《すべ》もなく南へ追いやられるだろう」

毛沢東の驚くほどの冷静さは、現状をもっとも冷徹に分析していたからだった。

現在の中国共産党は、中国を実質的に支配している。そこに住む人民総数は、じつに六億を超えている。その中の二〇〇〇万人を失おうと、痛くもかゆくもない。

毛沢東にとって痛手になるとすれば、中国共産党の私兵である人民解放軍正規兵四〇〇万が目減りすることだけなのだ。

むろん、すでに朝鮮半島へ送りこんだ部隊の大隊長と小隊長は、それぞれ正規の人民解放軍の士官と兵だから、数千名の被害を受けたことは事実だ。

つまり毛沢東の頭の中では、四〇〇万のうちの数千名が失われたと判断している。

これならば、まさに軽微な被害にすぎない。

毛沢東が大被害の責任に言及せず、まったく朝鮮半島制圧を諦めていないことを知った党幹部たちは、ようやく日頃の落ち着きを取りもどした。

次に口を開いたのは、共産党情報部執行委員だった。

「情報部の最新調査によりますと、ソ連軍が妙な動きをしているとの報告がありました。ここ半月あまり、ウラジオストクおよび沿海州方面へ、多数の正規軍部隊を集結させつつあるとのことです。

ご存知の通り、ソ連は我が国の兵力投入と前後するように朝鮮半島に対する直接支援を中断しています。我が国による破壊工作は、それを後押しした結果となりました。

間接的な支援は、いまも細々と旧満州地区を経由する鉄道輸送で行なっていますが、それらを受けとる側の北朝鮮軍が朝鮮東北部方面へ散開退避しているせいで、西部の中朝国境から先の補給が滞ったままになっています。

そこでしかたなく、あらかたの補給物資は北朝鮮北西部の各地に集積させているようです。そのため西部に展開させている少数の北朝鮮空軍機を除き、ほとんど東部にいる北朝鮮軍への追加補給は行なわれていません。

つまり、ソ連がいくら間接支援を行ないたくとも、運べば運ぶだけ朝鮮北西部に集積されるのみで、なんら戦闘支援に繋がっていないのが現状です。

しかも悪いことに、集積所はソ連の軍事顧問団が管理している関係から、我が人民軍に対し物資の提供を願い出ても、あれこれ難癖をつけて断られているのが現状です。

今後についても、我が国の破壊工作が露呈した以上、まず事態が好転することはないと思います。このような状況において、なぜソ連領内に新たな正規軍を集結させているのか、いま情報部では、ソ連の真意を確かめるべく全力を投入しているところです」

この報告に対する毛沢東の返答は迅速だった。

「極東ソ連領の防衛のためではないか？　いまさらソ連正規軍が、朝鮮戦争へ直接介入する可能性は非常に薄い。

アメリカが原爆を使ったことで、ソ連は完全に腰が引けている。まさかここまでやらないだろうと、スターリンも思っていたはずだ。

だが、アメリカの決意のほうが上回っていた。こうなると、いつソ連軍に原爆の矛先が向くかわからない。朝鮮領内にソ連軍が侵攻すれば、状況は我が軍と変わらなくなる。すなわち、ソ連軍に対する連合軍の原爆投下もありうるわけだ。

ただし、勢いに乗った連合軍がソ連領内へ侵攻したら、話はまったく違ってくる。今度は連合軍のほうが侵略行為を働くことになり、そこで原爆を投下などしたら、アメリカの大義名分などいっぺんに吹き飛んでしまう。

この状況さえ理解できれば、ソ連が自国領内に大軍を集めても、それを自国外に出さない限り、連合軍は手も足も出ないことになる。だからスターリンは、安心して軍を動かしたに違いない。

いまの状況は、たとえ予期せぬ偶発的な出来事であっても、容易に極東戦争へ発展する可能性を秘めている。しかも合衆国臨時大統領の演説で我々の秘密工作が暴露された結果、スターリンは我々に対し疑心暗鬼になっている。

これらの状況を総合すると、ソ連は連合軍が不用意にソ連領へ侵攻し、結果的にソ連との正規戦になることを恐れているはずだ。アメリカとの戦争をもっとも嫌っているのはソ連自身、そう考えればすべての辻褄《つじつま》があう。

スターリンが極東地域へ軍を集結させたのも、それらを未然に防止するため……ようは徹底して守りを固める意志を示すことで、未然に連合軍の越境を阻止するためのものと理解するのが妥当だろう」

スターリンの人間不信をもっとも知っている毛沢東だけに、いかにも穿《うが》った見方だった。

スターリンは毛沢東の策略にはめられ、激しい怒りを覚えている。

もし数年前までの中ソ関係（中国が属国扱いを受けていた時期）であれば、ソ連は中国へ暗殺者を送りこむか、毛沢東の失脚を狙って政治工作を実施していてもおかしくない状況にある。

しかし、現在はできない。

すでに中国共産党は独自の共産主義を掲げ、ソ連とは袂《たもと》を分かっているからだ。

最初の一〇〇万名の派遣要請こそが、中国共産党のソ連に対する忠誠度を計る最後のテストだった。これがスターリンの真意である。

それだけに、表では忠誠を誓ってしたがい、裏ではソ連を出し抜こうとした毛沢東を、スターリンは今後一切信用しないだろう。

かといって、ソ連が一気に西側へ鞍替えする可能性はほぼゼロだ。

ソ連はいまでも共産主義の宗主国であり、中国以外にも共産主義国家はいくつも存在している。それらの国々を引きつけておくには、今後も西側との対決姿勢を崩すわけにはいかない。これが現実である。

となれば、朝鮮半島は中国共産党のやりたいようにやらせて、最後においしいところだけかすめ取るのが、ソ連にとっての国益になる。

ヨーロッパ方面もベルリン事件のせいで、かえって戦争の気運が遠退いているから、当面は政治的な工作で東ヨーロッパを支配しつつ、いまは静かに様子を見るのが賢明……。

そこまで先読みした毛沢東だけに、しばらくソ連は無視していても大丈夫だと考えているらしい。

まさに転んでもタダでは起きない男だ。朝鮮戦争にソ連を引きずり込むのは失敗したが、結果的に様子見してくれるならよしとする判断に至ったようだ。

「そういえば……成都に行った周恩来同志は、まだ現地の部隊の取りまとめができていないのか」

第三次派遣に先立ち、周恩来副主席は自ら成都地区の人民解放軍をまとめあげ、手薄になっている北京地区の支援にあてると明言し、すでに現地へ赴いている。

その結果が毛沢東のもとへ届いていないせいで、この場での質問になったようだ。

返答は成都に地盤を持つ朱徳が行なった。

「その件につきましては、私が懇意にしている現地の軍関係者に、軍用無線を用いて問い合わせをしたところ、周同志は現地の軍部に信用されていないらしく、いくら部隊の集結と北京地区への増援部隊の拠出を命じても、あれこれ言いわけをしてしたがっていないとのことでした。

たしかに現地の共産党地方政府に対しては周同

志の威光は通じると思いますが、地方の人民解放軍は地方政府の支配下にはなく、独自に軍閥を形成して固有の地位を築いていることが多く、周同志も地方政府と軍との調整に手間取っているのでしょう。

こうなることはある程度予測できていました。成都周辺の軍閥は、私としてもかなり手を焼くほどの問題児ですので。ただ、もし私がじかに赴いていれば、もっと手際よく解放軍を動かせたと思うのですが……」

あえて語尾を濁すことで、朱徳は周恩来を遠巻きに非難した。

「その件については、いまさら話を蒸し返すつもりはない。朱徳同志には朝鮮戦争の総指揮に専念してもらうため、諸般の事情を考慮した上、あえて周副主席に行ってもらったことで決着がついている。

問題は、党副主席という高位にあるというのに、うまく調整ができないことにある。成都の地理的要因、歴史的要因から考えても、すぐにはうまくいかんだろうな。

とはいえ……中国国内には、党中央に面従腹背する輩《やから》は大勢いる。地方軍閥がその最たるものだが、それも徐々に、党に直結している政治将校の浸透により、軍閥との共存が可能になりつつある。だから、まだ時期が悪いだけだ。

我が国は、独立宣言をしてまだ日が浅い。国連にも加入できていない。せめて国連に加入するまでは、ソ連を利用できる立場にいたかったのだが……それを邪魔したのはソ連自身だ。

あの兵力拠出要請さえなければ、いまも我々は、ソ連のよき同志でいられたというのにな。スターリンの人間不信が、すべての事象を前倒しにしてしまった」

最後のほうはスターリンに対する愚痴になってしまったが、人間不信に関しては毛沢東もなかなかのものである。

やはり独裁的な政権を維持するためには、孤高の指導者になるしかないのだろう。

他人を信用すれば、たちまち足を引っぱられる。それが独裁的な国家の場合だと、すぐさま粛清に繋がるのだから、他人を信用するのは命取りだとの認識が定着するのも当然である。

これは朱徳も同様で、実際には現地の軍閥は朱徳に忠誠を誓っているため、あえて周恩来の派遣要請にしたがわないよう、裏から手を伸ばしていた。

朱徳にとっての成都軍は、最後の最後まで温存しておきたい手持ちの隠し玉なのである。

それを使うのは、毛沢東を主席の座から蹴落とし、自分が党と軍の両方を完全掌握する時……周恩来副主席への失脚工作などは、その前座にすぎなかった。

もっとも、朱徳を腹黒い策士と見るのは間違っている。

まだ各地の軍閥が強い力を持っている中国だけに、いつ中央政府に反旗を翻《ひるがえ》すかわかったものではない。その時に我が身を守れるのは、自前の軍閥を持っている指導者だけなのだ。

毛沢東ですら、北京地区と瀋陽地区の軍閥をしたがえている。その後ろ盾があるからこそ、第三次派遣に両地区の解放軍を投入できたのである。

「朱徳同志……成都は君の地元なのだから、忙しいところをすまぬが、なんとか周副主席を助けてやってくれないか。その代わり、周副主席の後ろ盾となっている上海地区に対する便宜をはかってやろう。

君としても、成都と上海を結ぶ太い国内物資輸送路ができれば、相応の利益になると思うが……どうだろうか？」

毛沢東は一転してからめ手に出た。

第三次派遣で、北京を防衛する人民軍から多数を拠出しているため、現在の北京は非常に手薄になっている。

もし北京と反目している上海勢力が、周恩来の不在を利用して暴走すると、下手をすると大規模な内乱へ発展する可能性もある。上海は歴史的に経済力を有しているため、自主独立の気運も強いのだ。

周恩来が朱徳の地元に行っているのであれば、朱徳に周恩来の地盤勢力を牽制させる。

まさに、かつての中国王朝が地方勢力を牽制した手法そのものだ。

名前こそ共産党政府と近代化されてはいるものの、その実体は旧態依然とした中国王朝の継承にすぎない。国家主席は、すなわち皇帝である。

そのことを髣髴《ほうふつ》とさせる毛沢東の言動だった。

「周副主席が成都へ向かわれる時、主席も同意の上で、周副主席へ全権委任するよう求められました。それをいまさら反故《ほご》にすれば、周副主席の立場がありません。

もっとも、中国共産党の筆頭である毛主席の命令があれば、周副主席もしたがわれるとは思いますが……。

上海勢力に対する措置についても、そっくり同じことがあてはまります。曖昧《あいまい》な指示で動けば、必ずや反発が生まれるでしょう。しかし、中国共産党国家主席の命令であれば、誰も逆らう者はいません」

毛沢東の手駒にされそうになった朱徳は、ナンバー3の意地にかけて、自分の立場を守る姿勢に出た。

当然、ナンバー4以下の党首脳たちは、ただただ固唾を呑んで見守っている。

「いまこの時点で、たとえ誤解によるものだとしても、永年の盟友である周恩来と仲違いするのはまずいな。

しかたがない。上海と成都に関しては、どちらにも党主席の権限において正式の命令を出した上で、しばらく様子を見ることにしよう。

むろん周同志にも、ただちに伝える。どのみちアメリカの攻撃は、朝鮮半島内にいる人民軍に対して行なわれるだけだから、直接的に中国国内を混乱させることはない。

ならば、我々は新たな人民軍の確保を急ぎ、中国国内で常に大量の予備兵力を蓄えることが急務となる。現在の最大四〇〇万を、さらに六〇〇万、八〇〇万と増やすのだ。

新たな一〇〇万を朝鮮へ送りこんでも、国内で新たに徴兵を一〇〇万行なえば、以前となんら変りはないことになる。これを継続的に行なえば、先に音をあげるのは、後方戦力や輸送に難のある連合軍のほうだ。

では朱徳同志、君の持つ人民解放軍に対する権限を活用し、国内の全地区において臨時の徴兵を行なってくれ。人民内務省を活用してもいいし、国家総動員法を発令してもいい。

ともかく連合軍に対し、中国には無尽蔵の兵力を生み出す余力があることを示すのだ」

こうして正式の命令を出している限り、毛沢東の主席としての座が揺らぐことはない。

朱徳の軍に対する権力はさらに強まるが、それも毛沢東の命令によるものと公表されれば、すべては毛沢東の手柄になる。

そこまで計算した上での、毛沢東にしかできない政治的行動だった。

5

六月一二日　平壌周辺地区

「あいつら……攻めてきやがった！」

いま呆れたような声を出したエドワルド・フォーガン軍曹は、連合軍所属の米第七海兵旅団第二特殊戦大隊・第一一九狙撃小隊員である。

今日のノルマとして、平壌地区南部にある大隊陣地から、威力偵察任務を命じられて市街地に入った一人だった。

廃墟と化して久しい平壌。

幾度もの攻防戦によって荒廃した町並みは、すでに朝鮮人すら住まぬゴーストタウンと化している。

それもそのはずで、併合時代に日本が整備した生活基盤が破壊されてしまえば、都市は作物すら育てられぬ砂漠同然の地となる。

人々が流入し、市場が形成されてこそ物流が生まれるのだから、その基盤が崩壊した時点で人々は郊外へと去り、都市は無人となる。これは古代から続く定番《セオリー》の行動である。

それでも朝鮮戦争開始後しばらくは、北朝鮮による支配が安定していたせいで、ある程度の住民と軍部隊が居住していた。

軍部隊が駐留すれば、そこには兵士めあての女たちが集まってくるし、周辺には客めあての歓楽街や飲食街が形成される。そのため自然と、それらによる限定的な物流も生まれることになる。

しかし攻防が激しくなり、常に銃弾が市街地全域で飛び交うようになると、集まってきた者たちは蜘蛛の子を散らすように霧散してしまう。いまの平壌はこの状況である。

現在の市街地は、いつ戦場になるかわからないため、部隊の駐屯すら行なわれていない。そこにあるのは、本当の意味での『バトルフィールド』だった。

双方の軍部隊は平壌郊外に陣地を構え、市街地に侵入してくる敵があれば、自分たちの陣地から出撃して撃退する。

この繰り返しだけが、今日まで空しく行なわれてきた。

「なんか様子が変ですね。これまでだったら、中国人民軍は北部のピョンソン周囲の山に潜み、夜間に人海戦術で攻めてきてたのに。いまは昼間……しかも小隊単位ですよ？」

同じ分隊にいるケント・アスデル一等兵が、倒壊したモルタル家屋の残骸の陰から前方の街路を見つめつつ、囁《ささや》くような小声を出した。

分隊のいる場所からは、街路を歩いてくる人民軍兵士六名が見えている。

あちらも偵察任務らしいが、用心しているのか恐がっているのか、その歩みはさわめて鈍い。

何かあったら、一挙動で左右に伏せて危機回避するつもりなのが見え見えだった。

「連中……きちんと訓練された兵士だな。一挺だけだが軽機関銃も持っている。最初は北朝鮮軍かと思ったが、人民兵の制服を着てるから間違いなく中国人民軍だ」

「潰しますか」

威力偵察小隊といっても、米海兵隊で名高い特殊戦部隊員だ。

厳しい訓練を経て入隊を許される部門であり、あらゆる小火器の扱いに精通し、徒手による殺害術まで体得している。まさに人間の姿をした殺人マシンともいうべき存在である。

それだけにアスデル一等兵も、相手が同じ小隊単位であれば殲滅《せんめつ》も可能と判断したらしい。

ちなみに米海兵隊には、正式には特殊部隊は存在しない。

特殊戦大隊は第二次大戦中に実験的に組織されたもので、そのまま朝鮮戦争に引きつがれた。

のちに通称『フォースリーコン』と呼ばれるようになる、非公式部隊の前身にあたるものだ。

「いや、待て……様子が変だ。いくら戦争慣れしてない人民軍だからといって、あそこまで堂々と街路の真ん中を進むのはおかしい。ソマーズ、なにか見えないか」

フォーガンは、もう一人の分隊員で、両目に双眼鏡をあてて周辺の監視を続けているソマーズ一等兵へ聞いた。

「分隊長、ビンゴです。連中の左斜め後ろにあるビルの残骸……あそこに二人、狙撃兵がいます。それから街路後方四〇メートル地点の爆撃クレーター内に、二名のバズーカみたいな携帯砲を持った者がいます。これは罠ですよ」

「やはりな……道理で歩く速度がやたら遅いはずだ。分隊規模の街道偵察と思わせて、俺たちを誘いだす罠だな。

下手に撃てば射撃地点を見られて、たちまち狙撃される。それで撃ち漏らしても、後方にいる携帯砲で駄目押しの攻撃を仕掛けるつもりだ。

ある程度、囮《おとり》の分隊が先へ進んだら、狙撃兵と砲撃兵を次の場所へ移動させる必要が出てくる。そのタイミングを知られたくないため、わざと左右の建物を調査する素振りすら見せている。

となると厄介だな。狙撃兵だけなら、こっちの狙撃分隊で始末も可能だが、同時にバズーカを撃たれたら苦しくなる。

ここは無理せず撤収したほうが無難だ。俺たちの任務は、あくまで偵察だからな。始末は航空隊と砲兵隊に任せよう」

連合軍の最近の行動は、偵察して敵部隊を発見すると、そのまま交戦するのではなく、一度撤収して無線による報告を行ない、ただちに近くの陸軍航空隊や砲兵陣地へ支援攻撃を依頼するタイプに変わってきている。

これは相手が人海戦術を用いてくる大前提で組まれた戦法だが、今回は勝手が違うにも関わらず、同じ戦法を用いたほうがいいと判断したのである。

ちなみに、中国人民軍の持つ『携帯バズーカらしき兵器』とは、ソ連が一九四九年に採用したRPG‐2と思われる。それを中国が入手し、早々に丸コピーしたものらしい。

バズーカ砲とRPG‐2では仕組みが違うが、見た目はよく似ている。そのため勘違いが生じたらしい。

制式年からわずか二年しか経過していないのに入手できたのは、ソ連が正式に中国へ供与したものコピー品ではなく、どこかで横流しされた非正規品を突貫でコピーしたのだろう。出所としては北朝鮮軍しか考えられない。

いかに構造が簡単な武器と砲弾とはいえ、これほど短期間で内製化できるものだろうか。

不正規に入手する期間と量産期間を考えると、実質一年ほどしか猶予はなかったはずだ。

おそらく、完全コピーするのは無理だったはず。強引に分解して構造を学び、見よう見まねと、ありあわせの材料で作りあげた劣化品だろう。

それだけに、性能は本物のRPG‐2に比べると大きく劣ると思われるが、威力がないとまでは言い切れない。

米軍も、北朝鮮軍へ少数配備された正規品のRPG‐2の高い威力を知っているだけに、おいそれと無視できるものではなかった。

「分隊全員、撤収だ」

フォーガンは敵に気づかれないよう、ほとんど指と囁き声だけで指示を出した。徹底的に叩き込まれた退避行動だけに、物音ひとつしない。

おおよそ一二〇メートルを、中腰のまま走りきった。しかも街路は通らず、すべて倒壊した建物の陰をぬうように進んでいる。

退避先にあった煉瓦《れんが》製の厚い壁に隠れながら、通信担当兵に、背負い式の携帯短距離無線電話を使って他の分隊と連絡を取らせた。

そこから、さらに二三〇メートル。

小隊長からの連絡で、小さな通りを三つ越えた場所が小隊集合場所に指定されると、今度は銃を構えて警戒しつつ移動した。

「空母航空隊に支援を要請した。あと六分で攻撃が始まるそうだ。砲兵陣地は少し準備が必要とかで、爆撃の後に砲撃を開始するらしい」

集合地点に到着すると、真っ先にウィル・Y・マクガバン小隊長からそう言われた。

「他の小隊はどうなってるんですか」

フォーガンは、今日の偵察に駆り出された三個小隊の動向を気にして聞いた。

「第一〇七小隊は機動編成になっていたため、先頭を進んでいた軽戦車を潰されたらしい。残りのジープとトラックは無事で、いまは本隊陣地へ戻りつつある。

第一一二小隊は北市街の偵察に出たが、我々と同じく敵の小隊単位の部隊を発見し、先に支援要請を送っている。

第一一二小隊に先を越されたのは癪《しゃく》にさわるが、そのおかげで迅速な航空支援が受けられるんだから、今日のところはよしとしよう。それと砲兵による支援は弾着精度が悪いから、ここも危なくなる。

そこで我々は、現時点での任務を終了し本隊へもどる。あとは航空支援と砲撃支援ののちに、カンナムにいる米陸軍部隊が進撃することになった。

上層部としては、とりあえず今日のうちに敵部隊の規模を把握し、明日の朝までは爆撃と砲撃のみで対処するようだ。その後、大隊規模で残敵掃討を実施するらしい」

相手が完全武装した人民軍の小部隊と判明し、特殊戦大隊司令部は自前で対処するより、連合軍司令部に対処を願い出るほうが良策と判断したらしい。

相手が戦術を変えてきたのだから、不用意な戦闘をすれば罠にはまる可能性がある。

とくに平壌のような障害物の多い市街戦ともなれば、たとえ戦車部隊をくり出しても、場合によっては個別に撃破されて大被害を受けることもある。

そこで重要になるのは、なによりも敵軍の全体像を把握することだ。

敵の出撃地点、陣地の位置、展開規模、部隊の種類を把握してのち、ようやく本格的な攻撃が可能になる。

「それにしても……やつら、原爆を食らうのが怖くないんですかね」

信じられないと言いたげに、フォーガンはマクガバン小隊長に質問した。

この平壌も原爆を投下されている。

爆心地となった市街地北部にある川沿いの広場には、いまも累々とおびただしい数の人民軍の白骨が横たわっているという。

原爆により途方もない大被害を受けた人民軍が、合衆国大統領による恫喝じみた演説を聞いた後だというのに、こうも早く部隊を展開してくるとは思っていなかった。

通常の神経なら、当面は中国領内まで下がり、様子を見る。

ところが人民軍は、いったん中国との国境線となる鴨緑江のすぐ東側に指定された集結地点まで下がり、そこで分散して待機したものの、中国領へもどることはなかった。

それどころか、連合軍のB‐29爆撃機が去るとすぐに小部隊に再編成され、ふたたび南下し始めたのである。

「いや、恐がっているだろう。そうでなければ、小隊単位に戦力を分散させて再侵攻した意味がなくなる。原爆は、あくまで人海戦術によって戦力が一点に集合している場合にのみ威力を発揮する。

いまの状況だと、おそらく平壌全域を見渡しても、我々と同じ大隊規模でしか展開していないはずだ。そこに原爆を落としても、敵の被害は多くて数百名……これでは原爆を使う意味がない。

敵が完全武装の正規軍を出してきたのも、我々と対等に戦うことでキルレシオを高めるためだ。まあ、どれだけ装備を整えても、我々と同等とはいかないけどな。しょせんは中国人民軍の装備だ。同数で戦えば、我々の勝利は確実だろう。

だが……もし敵の総数が我々の一〇倍だったら、まったく話は違ってくる。

薄く広く部隊を展開させているせいで、面積あたりの打撃力は小さいものの、絶え間なく小出しに攻めてこられたら、こちらのほうが精神的にも肉体的にもダメージが大きくなる。

おそらく連合軍司令部も、その危険性を察知したのだろう。だから不用意に攻撃しないよう命令を出し、まず敵戦力の総数を把握する策に出たのだ。

こちらが把握するまでは、敵が手出しできない航空攻撃と砲撃で対処しつつ、次に陸軍の重装備部隊で敵を各個撃破する。これを同時多発的に行なうことで、結果的に敵を平壌から追い出すことになる。

だから本格的な平壌より北への侵攻は、新手の人民軍の総兵力が判明しないと無理だろうな。

というわけで……敵戦力がわかるまでは、我々の出番もない。いったん大隊陣地へもどって、あらためて命令を待つことにする」

そう答えたマクガバンは、他の分隊長に向けて声をかけた。

「第一一九狙撃小隊は、これより迅速に本隊へもどる。その後は大隊長の命令を待つことになるが、次に出撃する時は特殊攻撃作戦になる可能性が高いと思う。

したがって、次は本格的な近接戦闘になるから、そのつもりでいろ。では、出発！」

今日の任務は威力偵察だったが、特殊戦大隊の本来の任務は、敵部隊の側面や後方にまわりこんでの隠密攪乱《かくらん》にある。

そして今回のように、敵が小隊単位で散開しつつ進撃している状況は、まさしく特殊戦部隊がもっとも効果的に動ける状況といえる。

敵小隊同士の連携を断ち切り、個々の小隊を分断させたのち、陸軍部隊が重火器を用いて個別撃破する。

そうなれば装備に劣る人民軍小隊は必死に抵抗しても、いずれ殲滅される運命にある。その分断工作を行なうのが、彼らの本来の役割なのだ。

むろん敵の全戦力が、平壌周辺に展開している連合軍より優っていれば、全体の攻防は渾沌としてくる。

それでも小隊単位の分断撃破は漸減作戦としても有効であり、制空権を完全掌握している現在、よほどのことがない限り連合軍の優位は動かない……。

ただ、平壌周辺にいる連合軍は全部で一八万名余。もしそこに、中国人民軍第三陣となる完全武装の正規軍一〇〇万が丸ごと投入されたら、殲滅の危機にあうのは連合軍のほうだ。

むろん敵が集結すれば、マッカーサーは即座に原爆を使用する。

戦争は虚々実々の戦いだ。

おそらく中国共産党政府は新規の一〇〇万を『実』と見なし、それらを有効に戦わせるため、以前に投入した人民軍の生き残り部隊を、ふたたび人海戦術の駒として用いるだろう。

あえて原爆の的を用意することで連合軍を欺《あざむ》き、『実』である新規の軍で連合軍を押し返す……。

さすがは永らくゲリラ戦を戦ってきた、中国共産党らしい戦略と言える。

ただしそれは、人民兵の命を無尽蔵にすり減らす大前提あってのものだ。

むろん連合軍側も、謀られるばかりでいるはずがない。戦略的な意味での対処法は、すでに練られている。

そうでなければ、バークリー合衆国臨時大統領が、あれほど強気の演説を実施するはずがなかった。

＊

同日午後、東京丸の内のＧＨＱ。

ＧＨＱ内に設置されている極東方面作戦司令部の作戦会議室において、マッカーサーはたったいま、最新の状況について報告を受けたばかりだった。

「原爆五発でも、まだ足りないのか」

六〇万もの人命を失ったというのに、なおも進撃を諦めない中国共産党人民軍。

人民軍が共産党の私兵である以上、これは中国共産党政府の意志そのものだ。

　ヒューマニズムや合理性を尊ぶアメリカ人には、とうてい理解できない判断である。その価値観の違いに、さしものマッカーサーも驚愕していた。

　しかし、すぐに思い直して言葉をつけ足した。

「だが、心配はいらない。新たな原爆使用の許可は、すでに大統領からもらっている。やる時はとことんやる。

　現在、ＧＨＱの管理下にあるＭｋ４原爆は、残り五発だ。当初一〇発までは無制限に使用する許可をもらっていたから、あと五発をいつでも使用できる。

　まあ、このうちの二発は、すでに予約済みだが……。ともかく、今後において我々がフリーハンドで使える原爆が三発ある以上、敵の好き勝手にはさせん。

　それに……なにより中国共産党政府は、大統領閣下の警告を完全無視した形になっている。これは国際政治上のルールから大きく外れているため、外交が機能しなくなる。

　警告の期限が二一日である以上、合衆国政府としては、二一日までは中国共産党政府の出方を見ると考えるのが普通だ。

　軍としては、そのような悠長なことなどしたら負けてしまうから、裏ではいくらでも細工するが、少なくとも表だっては動かない。

　なのに人民軍は、まるで合衆国の警告などなかったかのように、さっさと人民軍の朝鮮侵攻を再開している。となると、これは政治外交の領分ではなく、我々の領分ということになる。

　相手が反撃に出たのだから、こちらも応戦する。とりあえずは平壌周辺のみの反撃であり、敵は大軍のわりに移動手段は大半が徒歩だ。つまり、平壌から別の地域へ移動するには、それなりの時間が必要になる。

時間がたてば、いずれ他の戦線にも敵が現われると思ったほうが無難だが、いますぐの話ではない。敵が移動をはじめてからでも、十分に応戦態勢を敷くことが可能だ。

とくに無風状態となっている北朝鮮東部は、いまのところ元山にいる日本軍のみで対処しなければならず、きわめて手薄な状況になっている。

私としては、日本軍の実力を信じないわけではないが、ここは用心して援軍を送りこむべきだと思う。

これについて諸君の意見を聞きたい。GHQは日本を占領している総本山だが、いまこの席上だけは、連合軍総司令部として機能している。したがって連合各国出身者は、自国の立場で発言してもらいたい」

マッカーサーは、居並ぶ連合各国の連絡武官に対してそう告げたが、真っ先に挙手したのはGHQ参謀部の情報分析官だった。

「総司令部としての作戦を決める前に、私のほうから直近の情報分析結果を報告させてもらいます。これを考慮に入れた上でないと、大局を見誤る可能性がありますので。

では……まず最初に強調しておきたいことは、今回の中国人民軍の反攻はこれまでとはまるで違うと、現地からの第一報が入っていることです。

新たに朝鮮半島へ派遣された中国人民軍部隊は、あたかも西側の軍隊を相手にしているかのような近代的な装備と戦術を用いており、以前とは正反対といってよいほど、非常に効率的に進撃中との緊急報告が入っています。

また、新手の人民軍は我が方の航空偵察の結果、西側の軍における連隊単位で各方面へ分散しつつ、戦場では多数の小隊単位でもって押しているようです。このパターンだと、連合軍部隊が手薄な場所を狙って反撃しても、すぐ左右から人民軍部隊がまわりこみ、開けた反撃路を塞いでしまうでしょう。

それでいて、以前のような人民の海を構成する部隊も存在しています。ただし以前のように一地点に集結するのではなく、各方面の最前線の第一波のみで、横に広く縦に狭い横帯状で進撃しているそうです。

規模としては方面ごとに一〇万ほどですので、数としては原爆の投下対象となりうるのですが、横帯状に展開しつつ進撃しているせいで、原爆投下のもっとも効果のある地点を選定できない状況となっております。

現状で敵の侵攻地点へ原爆を投下しても、一発につき一万の損失も与えられません。GHQとして自由に使用できる原爆が残り三発であることを考慮すると、全部を使用しても敵を殲滅できないことになります。

これでは原爆を使用する意味がないと、我々としては結論しました。

むろん、今後も継続的に敵情を監視しますので、もし敵が一地点に一〇万以上の単位で集結すれば、ただちに原爆投下の適用対象となるよう勧告いたします」

なるほど、マッカーサーの意向をさえぎってまで報告するだけのことはある。当然マッカーサーも、どうしたものかと思案顔になった。

「……中国共産党政府も、さすがに考えてきたわけだ。広く分散して進撃すれば、連合軍に突破口を開けられやすくなるものの、総合すると圧倒的な兵員数を確保している以上、同程度の被害を双方が出し続ければ、いずれ連合軍のほうが先に疲弊する。そのために戦車こそないが、敵も十分な野砲や小火器を投入してきたのだろう。

つまり我々は、広い意味での漸減戦術を仕掛けられているわけだ。根本的なところでは、共産党政府の人海戦術は変わっていない。圧倒的多数で比較少数を押し潰す戦術……変わったのは、原爆に対する対処法だけだ。

とりあえず現状では、原爆は効果が薄いため使えない。

下手に使うと、今後の原爆使用に対する恐怖を薄める結果となり、合衆国最大の利点が失われてしまう。あくまで原爆は、使用すれば大破壊が確実な兵器と思わせねばならないのだ。

むろん合衆国には、すでに水爆という桁違いの破壊力を持つ新兵器がある。だが、あまりにも威力がありすぎて、かえって使用が危ぶまれている。水爆を使うには朝鮮半島は狭すぎるのだ。

しかも、ソ連も近い将来には水爆を実戦配備するだろうから、その時に合衆国が先に使用した前例があると、ソ連にも使用する権利が自動的に生まれてしまう。これだけは絶対に避けねばならない。

破壊力の観点から、原爆は戦術目的での使用が可能だが、水爆は無理だ。どうしても戦略的な使用となってしまう。下手をすると国が滅ぶ。だから脅しには使えても実際の戦争では使えない……。

となれば、近代兵器の質では連合軍が圧倒的に上なのだから、地道に通常戦力を使って各個撃破していくしかないだろう。敵が押しているところは無理せず下がらせて、敵が突出した部分を左右と空から叩く。

当面は三八度線以南を確保できればよしとする。それより南には絶対に行かせない。最良は現状の維持だが、おそらく無理だ。となると北朝鮮東部にも、敵は早いうちに再侵攻してくると見るべきだろう。

先ほど情報部から報告を受けたが、我々の作戦判断はなにも変わってはいない。ええと……現在、日本軍の後方で地域防衛任務についている部隊は、どこの拠出だったかな」

さすがに考えることが多すぎて、マッカーサーも後方部隊の配置までは記憶していないらしい。

すかさず手が上がった。オーストラリアの連絡武官だった。

「通川《トンチョン》の南東にある高城《コソン》に、我が国の東部方面軍四個師団が移動を完了しています。予定では、通川において再編後に予備部隊となる日本軍部隊と交代し、元山《ウォンサン》にいる前線部隊のサポートに入ることになっていました」

さすがに連戦している日本軍も、本格的な充電が必要な時期に来ている。とはいえ、政治的な意味合いもあって全軍撤収はできない。

しかたなく、これまで最前線で戦ってきた部隊を日本本土に戻すと同時に、予備部隊として通川にいた部隊を前線へ出すことになる。

そして日本軍が目減りした通川に、後方から豪州軍部隊が予備として入ることになっていた。

「貴国の部隊のさらに後方には、どこの部隊がいる？」

豪州軍の武官は、ちらりと横目でカナダ軍武官を見た。どうやら発言を任せるといった雰囲気を感じ取ったらしく、引き続き言葉を続ける。

「三八度線を南に越えた韓国の杆城《カンソ》に、再編された韓国軍部隊とカナダ陸軍二個師団がいます。さらに南の江陵《カンヌン》には、カナダ陸軍の本隊である軍団司令部が設置されていますので、韓国領内の東部二箇所で八万のカナダ陸軍後方部隊がいることになります。

それより南は地域安定化部隊のみですので、これらは動かすことができません。どうしてもとなれば、釜山防衛軍から移動させる手もありますが……」

韓国東部は西部にくらべて比較的安全と見なされているため、各地の治安維持部隊を除くと、ほとんど予備部隊と呼べる戦力が残っていない。

いま武官が言った通り、最南端の釜山まで行けば、連合軍朝鮮方面軍司令部が設置されている関係から、英国をはじめとする連合各国軍の一個軍団が常駐しているが、これを動かすのは最後の最後と決められている。

それをやるくらいなら、日本本土で訓練中の在日米軍第三次募集予備隊を投入したほうが合理的だ。

「いや……韓国内の部隊は、そのままでいい。どのみち二一日までには間に合わん。用心のため、高城にいるオーストラリア軍部隊から、機動力のある部隊を編成して、一個もしくは二個師団規模を通川へ増援してほしい。

それから、高城で抜けた日本軍部隊のぶんを江陵の軍団司令部から補充してくれれば完璧だ。こうしておけば、最悪でも高城の部隊で敵の南下をせき止めることが可能になる。

この措置で日本軍も、かなり助かるはずだ。たとえ敵に圧《お》されても、高城まで下がれば食い止められるとわかっているから、安心して計画的に下がりながら戦うことができる。

そうそう、海軍も忘れてはならん。

西海岸に展開している米海軍の二個空母部隊は、引き続き沖縄およびフィリピンに待機している予備二個部隊と交代で、途切れのない航空支援を続行してもらいたい。

また朝鮮西海岸にいる水上打撃部隊は、もうしばらく我慢して任務を遂行するよう伝達してくれ。

あと一〇日もすればグアム経由で、ハワイの太平洋艦隊から戦艦を含む一個艦隊が沖縄に到着する予定になっている。その後に交代だ。

東海岸の艦隊は日本海軍のみとなっているが、支援の部隊としてオーストラリア海軍の一個戦隊が移動してくるから、少なくとも日本海軍の水上警戒部隊は、早い段階で日本本土へ戻すことができる。

問題なのは、いまだに日本海軍内でやりくりしている空母部隊だ。新たに空母を供与されたといっても、日本海軍にはあまりにも余裕がない。そこでインドの英東洋艦隊から、いま一個空母部隊を急派中との連絡を受けている。

この英空母部隊さえ到着すれば、合計で三個空母部隊となり、恒常的なローテーションを組むことができるようになる。それまでの辛抱だと、井上成美作戦司令長官に伝えてほしい」

日本軍と名はついていても、しょせんは在日米軍予備隊。つまり、最高司令官はマッカーサー自身だから、伝達事項を日本軍の各司令部へ送る必要はなく、すべてGHQを通じて現地司令官へ連絡することが可能となっている。

この仕組みを『GHQによる戦時統帥権』と言い、現在の日本軍が完全に米軍指揮下に置かれているのも、戦時統帥権が米軍にあるためだ。

この仕組みを抜本的に変えるには、日本が完全に独立して、独自の指揮権を持つ軍を創設するしかない。

当然、憲法も改正されねばならず、日本が統帥権を持つ『国軍』を保有しなければ、とても独立国とは呼べないのである。

そのためには、なんとしても朝鮮戦争において活躍しなければならない。

敗戦国が戦勝国に認めてもらうには、屈辱的であろうと、味方陣営のために率先して血を流し、もはや敵対する意志がないどころか、積極的に仲間として戦う意志を見せねばならないのである。

すべての理由付けが、いま朝鮮戦争の一点に集約している。

それは、日本の未来そのものだった。

第2章　決断の時

1

一九五一年六月一六日　世界

中国人民軍、北朝鮮から撤収せず……。

原爆投下後に行なわれた一連の報道は、世界に驚きというより恐怖をもたらした。

六〇万人近くの人命を失ったにも関わらず、しかも、さらなる原爆投下の可能性があるというのに、脇目もふらずに朝鮮半島侵略を続ける中国共産党政府がいる。

これに対し世界中の国家指導者が、異質な生物に対するような根元的な恐怖の声をあげはじめたのだ。

通常、戦争の悲惨な被害に対する非難は、当事者同士が行なうものに限られ、第三国が本気で取り上げることはない。

これは、どちらの非難もたとえそれが正論であっても、自陣営に有利になる目的で行なわれるプロパガンダと見なされるからだ。

しかし現在……。

思想的に見て、世界が西側と東側に分かれていることを考慮にいれても、中国共産党政府の下した判断を評価する国はほとんどない。

共産圏に属するはずの東ヨーロッパ諸国の中からも、合衆国の核による警告を無視することは、世界の破滅に直結するとの声が出はじめている。

当然、西側諸国はさらに強い言葉で糾弾している。

ここで興味深いのは、西側陣営の一員であるにも関わらず、中国共産党政府ではなく、アメリカ合衆国に対して自制を求める声が、フランスや西ドイツといったヨーロッパ諸国からあがっていることだ。

西ドイツはともかく、フランスは国連安保理事会の常任理事の一員であり、国連に対する発言力も強い。

もしフランスが安保理協議において、西側に対し否決もしくは棄権といった態度に出れば、国連軍の参戦理由を問われるといった由々しき事態に発展しかねない。

これは、極東情勢に直接関係のないヨーロッパ諸国特有の、存在感を示すためのパフォーマンスと思われる。

わざと口を出して自国の権勢をアピールし、国際外交の中でなんらかの利益を得ようとする行動だ。

それだけに、そこには思想信条ではなく利害関係だけが見え隠れしている。これを放置しておくと、朝鮮戦争が国際政治の餌食になりかねない。

そこで、合衆国政府は告知期限の二一日までは、西側諸国のうち合衆国に批判的な国に対する説得工作と、東側諸国の中の中国共産党非難派に対する介入を最優先とする、ＣＩＡの秘密工作作戦を許可した。

合衆国政府が秘密工作作戦にゴーサインを出したということは、その間の表立った戦争においては、少なくとも期限が来るまで原子爆弾を使用しないと確約したに等しい。

この秘密の決定が他国に漏れるには多少の時間が必要なため、すぐさま朝鮮戦争の推移に影響が及ぶわけではないが、戦争当事者の一方の中心となっている合衆国軍にとっては、まさに足枷《あしかせ》をかけられた状況といっても過言ではなかった。

＊

一六日の朝……。

この日、朝鮮半島においてもっとも貧乏クジを引いたのは、平壌から二五キロほど東へ行ったところにあるカンドンに展開していた、米第七海兵旅団第三連隊に違いない。

第三連隊は、平壌を南から攻めている第七海兵旅団の主力部隊と米陸軍第一師団（現地再編部隊）と連携し、平壌側面にあたる東側に阻止陣地を構えて、平壌にいる敵の動きを牽制する役目を担っていた。

そもそも、ここに阻止陣地を構築してたて籠もるということは、平壌の敵を絶対に東側へ行かせないという意志の現われである。

南から攻めている連合軍主力部隊が平壌へ突入した時、敵の敗走経路を北一本に絞るためのものだけに、陣地の防備だけはやたらと強力になっている。

だが……。

通常、陣地というものは、陣地正面および側面に対する防備は固くするものの、背後までガチガチに固めることはない。

その後方にあたるソンチョン方面から、なんと幽鬼のようにボロボロになった中国人民兵の大軍が殺到したのである。

陣地後方から来た人民軍は、元山で原爆の被害にあい、命からがら逃げてきた者たちだった。

そもそも人海戦術用の兵員のため、最初から装備は劣悪だった。

その上で原爆を食らったのだから、逃げてくる人民兵のほとんどが丸腰のままで、なかには火傷や負傷のせいか、軍服すら脱ぎ捨てた下着姿の者もいた。

陣地の西側からは、装備の整っている小隊単位の中国正規軍部隊の群れが、陣地奪取のためやってくる。

東側からは、原爆による被害で戦闘どころではない大部隊……。

挟み撃ち状態になった第三連隊三〇〇〇名は一時、完全にパニック状況に陥ってしまった。

「後方担当の第二大隊長から、攻撃の許可願いがきています。どうしましょう?」

陣地中央に設営されている連隊司令部（陣地司令部）へ、有線電話を通じて悲鳴のような嘆願が届いている。

判断を迫られたフランク・モートン連隊長は、眉間に皺《しわ》を寄せたまま吐き捨てた。

「馬鹿野郎！　ついさっき第二大隊には、陣地正面を守る第一大隊の支援に行けと命じただろうが!!　後方の防衛は第一工兵中隊と第二偵察中隊に任せればいい!!」

そもそも後方の守りは、敵の奇襲などに対処する以外、基本的にはあり得ない。

そのため基地設営や偵察といった別任務についている部隊が、陣地内に滞在がてら守備につくことも多い。

モートンもいつも通りそう考え、戦闘力の高い部隊は正面および側面に集めていたのである。

「ですが、連隊長！　第二大隊長の報告では、後方に迫っている敵集団の数は、最低でも二万以上とのことです。とても二個中隊では阻止できません!!」

「二万だと……」

先ほど受けた報告では、ほとんど武装していない傷病兵の群れが、ひたすら平壌めざして移動中とのことだったはず。

もし報告が事実なら、敵は元山に落とされた原爆の被害者であり、とても戦闘を行なえる状況にはない。したがって、このまま放置しても、陣地を迂回して平壌へ向かうと判断していた。

だが、二万もの人数ともなると、迂回すらままならない可能性が出てくる。

後ろから無理矢理に押された者たちが、なす術《すべ》もなく陣地になだれ込んでくれば、嫌でも戦うしかない。

いわば偶然に完成されてしまった人海戦術に、陣地後方が晒されているようなものだ。

これはお互い不幸な出来事でしかなかった。

「陣地正面、敵四個中隊規模の進撃を確認！　北と南に分かれて、陣地後方から来る人民軍をせき止めるような動きに出はじめました‼」

「嘘だろ……」

あまりにも常軌を逸した敵の動きに、モートンは思わず声をあげてしまった。

平壌方面から来た人民軍部隊は、陣地の海兵隊を攻めるよりも、原爆の被害にあった人民軍を平壌に入れないための行動を優先しはじめたのだ。

たしかに平壌から来た小部隊集団は、すべて合わせても連隊規模にしかならない。

つまり最大で三〇〇〇名から四〇〇〇名の完全武装集団だ。

そこに二万もの負傷したり無防備状況の集団が合流すれば、援軍どころか足手まとい……統率を取ることすら不可能になる。

下手をすれば、ヤケになった二万の人民兵が暴動を起こし、せっかく機能している正規軍の連隊が瓦解してしまうだろう。

それを恐れた平壌の中国人民軍が、こっちに来るなと味方を阻止しはじめたのである。

「なんて馬鹿げた戦いだ……しかたがない。陣地正面および陣地後方正面に対してのみ、集中して攻撃を実施する。正面から来る敵のみ、全力で蹴散らせ。

　側面にまわりこむ敵は警戒しつつ放置だ。おそらく敵は側面において同士打ちになる。勝手に殺し合うんだから、好きにさせろ！」

　軍事的な常識から言えば、このような事態に遭遇したら、とばっちりを避ける意味で一時撤収するのが得策である。

　しかし、カンドンの阻止陣地を明け渡せば、平壌から元山へ至るルートががら空きになる。ここは北朝鮮中央部を横断する主要幹線の要衝のため、絶対に退くわけにはいかない……。

　現状を見る限り、味方に増援を申し出ることはあっても、撤収など考えられなかった。

「旅団司令部へ至急連絡。米海軍部隊による緊急航空支援を要請する。目標は、カンドン阻止陣地の東および西に接近中の中国人民軍部隊だ。

　それから陸軍第一師団に、戦車部隊の派遣と銃砲弾の補給を要請する。戦車は中隊規模でいいから、一時間以内に来てほしい。以上だ！」

　相手が万を超える数ともなると、海兵一個連隊のみではどうしようもない。

　たとえ相手が貧弱な装備しかなく、ただひたすら接近してくるだけの存在であっても、数が数だけに銃砲弾のほうが先に底をつく可能性が高い。

　日本軍が似たような戦力で人民軍の海を阻止できたのは、地理的に有利な場所だったことと、なにより韓国軍から師団規模の装備を受けとったからである。

　海兵第三連隊が同じような戦いかたをするには、最低でも現在保有している武器弾薬の三倍以上が必要になる。しかも、それを一回の戦闘で使い切る決断をしなければならない。

そのような無茶は、ここでは無理だ。

となれば……。

できるだけ長く陣地にたて籠もるには、銃砲弾を節約する意味で、航空および機甲支援が不可欠となる。

弾や爆弾をばらまくのは支援部隊に任せる。自分たちは可能な限り節約して、一時間でも長く陣地を確保しつづける。

これがモートンが悩んだ末に出した結論だった。

*

同日午後。

日本の横田にある米空軍極東司令部、そこにマッカーサーの姿があった。

まだ整備途中の広大な航空基地の中で、早期に建設が完了した極東司令部本棟内において、怒りに満ちたマッカーサーの声が響いている。場所は空軍作戦参謀部のある二階の一室だった。

「ここは、なんだ！　どこに所属していると思っている!!」

立ったまま居並ぶ参謀と、一歩前に出ている極東空軍司令部長官に対し、ひときわ厳しい罵声《ばせい》が飛んだ。

大声で怒鳴れば息が切れる年齢というのに、マッカーサーの怒りはおさまりそうにない。

そこまで彼を怒らせた原因は、横田基地に対し執行された、合衆国国防総省からの出撃一時中止命令だった。

現在、朝鮮半島に対する重爆攻撃は、一手に横田基地が引き受けている。

そこでの出撃停止ということは、事実上の北朝鮮に対する大規模な爆撃停止である。

こうなると朝鮮半島で爆撃可能なのは、東西沿岸にいる空母機動部隊と、韓国国内にいる空軍および海兵航空部隊のみとなる。

　いずれもB－29に比べると、悲しいくらい規模が小さな爆撃しかできない。

　ここまで不利な状況になったのも、合衆国政府が期限と決めた二一日まで、原爆の使用を匂わせることがないよう、政治的な理由での命令が下ったからだ。

　具体的には大統領府から国防総省へ、米空軍極東司令部に対し、B－29による北朝鮮爆撃の実施を全面停止するよう命令が出ている。

　それが軍の命令として執行されたのである。

　朝鮮戦争の総指揮権はＧＨＱにある、そう自負していたマッカーサーは、この突然の横槍に仰天し、慌てて真意を確かめるために横田基地まで公用車を飛ばしてやってきたのだった。

　怒りの的となっている極東司令部長官が、恐る恐る口を開いた。

「ここはアメリカ合衆国空軍の基地です。むろん、ここから北朝鮮への爆撃機が出撃しておりますので、在日米空軍が連合軍最高司令部《GHQ》の指揮下にあることも承知しております。

　しかし……命令系統から申し上げれば、我々は合衆国国防総省の直接的な指揮下にあり、ＧＨＱとは間接的な指揮下でしか動くことができません。

　なぜなら現在の国連軍は、国連安保理事会の決定に基づいて運用されていますので、指揮系統としては、まず国連安保理があり、その下に合衆国政府が入ります。つまり、合衆国拠出部隊を出すか否かの判断は、拠出国である合衆国政府にあるわけです。

　個々の拠出部隊に対する戦闘指揮や作戦統括に関する権限は、疑うことなくＧＨＱにあるわけですが、その拠出部隊を国連軍に参加させるか否かの権限は、いまもって拠出国政府……我々ですと合衆国政府にあるわけです。

　今回の場合、我々は合衆国政府から部隊行動の一時停止を命じられています。作戦の停止命令や中止命令ではありません。それならばＧＨＱの権限ですので、合衆国政府が下すことはできないからです」

　話を聞くうちに、ますますマッカーサーの顔色が変わってきた。

「うぬぬぬ……たしかに貴官の言う通り、指揮権と部隊の活動制限に関する権限は別物だ。国連軍が各国から拠出されたものである以上、その部隊をいつ撤収させるかは拠出国の政府が判断できる。

　だがそれは、あくまで戦争を指揮しているＧＨＱとの協議の上で決めることであり、いくら権限を持っているからといって、勝手に政府が拠出軍の運用に制限をかけるのは常軌を逸している。そうは思わんか？」

　マッカーサーに同意を求められた司令部長官は、冷や汗をたらしながら答えた。

「私個人としては、閣下の申される通りだと思うのですが……合衆国政府も、よほどの理由があるからこそ、非常手段のような行動に出たのではないかと思います。

　なんならＧＨＱから国防総省経由で、合衆国政府へ事の真相を聞かれてみたらどうでしょう」

「それができれば、こんなところにはいない！」

　マッカーサーは、北朝鮮に対する五発の原爆使用によって、間違いなく中国共産党政府は腰砕けになり、中国人民軍も我先に朝鮮半島から逃げ出す……そう大統領へ進言した経緯がある。

　しかし現実には、そうなっていない。面目丸潰れで、大幅に信用を失った状況にある。

大統領はマッカーサーに対し、総数で一〇発までの原爆使用を認めているが、それはマッカーサーの進言を疑ったからではなく、予定されていた五発の原爆が与える被害が、想定より低かった場合の予備として用意されたものだ。

　つまりマッカーサーは、『どの面《つら》下げて大統領に連絡しにきたのか』と言われる状況であり、とても政府の決定に口を挟む余地などないのである。

「しかし……閣下。二一日までに中国人民軍が撤収しない場合の作戦は、予定通り準備が進んでいるのでしょう？　あの作戦については、たしか合衆国政府も予定通りに進めてよいとの返事があったと思いますが……」

「ああ、あれに関しては、ＧＨＱの指揮下において、順調に準備が進んでいる。しかしだな。あの作戦は、万が一のことを想定して立案された、本来であれば実施されてはならない作戦なんだぞ？

順当にいけば、朝鮮戦争は五発の原爆使用によって終了し、あの作戦は実施されぬまま闇に葬られることになっていた。それがＧＨＱの最終的な結論だった。

　ところが中国共産党政府の馬鹿者どもが、世界の常識に反する決定を下してしまった。私はこれまで第二次大戦中でさえも、世界の常識を超えて作戦行動を命じたことはない。

　私が常識にしたがったからこそ、日本本土決戦は行なわれず、原爆投下によって終戦がもたらされたのだ。

　もし、あの時の私が中国共産党政府と同じ考えであったら、どれだけ連合軍の被害を出そうと、将来に禍根を残さぬため、日本本土決戦を実施していただろう。

　また当時の大日本帝国も、いまの中国共産党ほどには頭がおかしくなかった。私の意図を汲み取り、原爆投下によって本土決戦を諦めて降伏したからな。

だが、いまの状況は違う。

相手を大日本帝国と同じと考えて作戦を進言した私の間違いもあるが、まさかここにきて、相手である中国共産党政府が、ああまで狂気じみた判断を下すとは思っていなかった……。

狂気には狂気で対抗するしかない。だがそれを実施すると、恐ろしい結果を招く。

言い出したのは私だが、それに許可を出したのは大統領閣下だ。どうもいまの大統領閣下と合衆国政府は、中国共産党政府の狂気に感化されてしまったような気がする。

下手をすると、第三次世界大戦だぞ？　しかも日本には、ソ連の原子爆弾が使用される可能性もある。

いま現在、ソ連は最低でも数十個の実用型原爆を保有しているはずだから、そのうちの何発かを日本に使用すると考えるのは当然だろう。

ただしソ連の原爆は、アメリカ本土へは届かない。運ぶ手段がない。ヨーロッパには使用できるが、それは日本とは別枠で用意されるだろうから、両方で同時に使用される可能性は非常に高い。

原爆を使用した世界規模の戦争だけは、絶対に回避しなければならん。その可能性があれば、未然に可能性そのものを摘み取るべきだ。そう考えると、二一日の後に用意されている作戦は、一度中止して再考すべきだ。

だが……すでに五発の原爆を使用し、しかも使用目的を達成できていない私の言うことなど、いったい誰が聞いてくれる。

いまの私にできることは、北朝鮮に居座り続ける人民軍の南下をせき止め、なんとか現状を維持することだけだ。

現状さえ二一日まで維持できれば、用意されている作戦は自動的に開始される。そうなれば、今度こそ朝鮮戦争は終わる。しかし……その後の始末が大変だ。失敗すると、取り返しがつかん」

マッカーサーの愚痴としか思えない発言を聞くうちに、司令部長官の表情が変わってきた。

「閣下は私に、極東空軍司令部のヘッドとして合衆国政府に対し、期限が来た場合の作戦自動実施を再考するよう嘆願してほしい……そう申されるのですか？」

「…………」

マッカーサーはかろうじて沈黙を守った。

ここで同意したり肯定的な態度を示せば、司令部長官の後ろにマッカーサーがいることが確定してしまう。

あくまで司令部長官の独断で嘆願してくれないと、先方も聞く耳を持たなくなる。

「うーむ」

心情的にはマッカーサーに近いらしい司令部長官は、困り果てた表情を浮かべた。

独断で嘆願を出すとなると、実現する可能性こそ高くなるものの、彼のその後の出処進退にも大きな影響を及ぼすことになる。

自分で決断した結果の行動ならまだしも、実際はマッカーサーの代弁者になることで自分の未来が決定するとなれば、誰でも悩むに違いなかった。

「……閣下。二一日までは、まだ少し時間があります。私の一存では、とても事態が重すぎて決断できません。最低でも極東陸軍、および極東地区派遣の海軍や海兵隊指揮官の同意が必要だと思います。

いかに合衆国政府が頑固者の集まりであっても、現状、連合軍で最大戦力を有する極東米軍の統一見解ともなれば、まず国防総省も無視できず、結果的に国防長官も大統領へ進言せざるを得なくなります。これなら私としても、嘆願する価値はあると思いますが」

話を聞くうちに今度はマッカーサーが、なるほどと納得した顔に変わった。

「貴官の言う通りかもしれんな。それではすぐ、私は横須賀に向かうことにしよう。貴官のほうからも極東三軍トップに対し、独自に説得工作をしてほしい。あくまで貴官の主導でな。では、よろしく頼む」

もう一秒でも惜しいとばかりに、マッカーサーは話を切り上げた。

このぶんでは本当に、すぐさま車に飛び乗り、合衆国海軍極東司令部のある横須賀へ移動しかねない。

「誰も第三次世界大戦など望んではいません。閣下も大変でしょうが、なんとか事が成就するよう頑張ってみます」

背をむけたマッカーサーに対し、司令部長官はそう告げるのが精一杯だった。

かくして……。

朝鮮戦争は現場での戦いとは別に、世界規模で新たな動きを加速しはじめたのである。

2

六月一七日　釜山

「私が何をしたというのだ！」

韓国最南端に位置する釜山。

そこにある旧日系ホテルのロビーに突然、けたたましい大声が響き渡った。

「それは、貴方が一番ご存知でしょう」

白いヘルメットをかぶった国際連合軍のＭＰが、李承晩大統領の右腕をつかみながら諭《さと》すように喋っている。

すでにホテルの玄関やカウンターなどは、多数のMPがM1カービンを抱えた状況で制圧しているため、ロビーにいた他の客たちも動きを完全に封じられている。

「これは韓国政府に対する不当な弾圧だ！ クーデターだ‼」

なおも声を荒らげる李承晩大統領に、玄関でホテルの支配人と話をしていた将校が歩みよった。

「李承晩大統領……貴方には戦時下における大統領令の乱用の疑いと、韓国軍に対する指揮権逸脱の疑いがかけられています。

しかも指揮権逸脱については、すでに連合国国際裁判所から、以前の三八度線を越えての北進に関する独断措置が国際法違反との判決が出ていますので、今回は二度めの意図的な逸脱となり、即時の大統領権限停止と韓国政府の一時的な国権停止が実施されることになりました」

丁寧に罪状と措置を説明したのは、連合軍朝鮮方面総司令部のカーシー・G・ブラント副司令部長官（少将）である。

李承晩と韓国政府首脳たちは、中国人民軍の大攻勢により、ふたたび釜山まで逃げていた。

ところが、今回の原爆使用によって形勢が逆転したことを受け、釜山に設置していた韓国臨時政府内で閣僚らと協議した末、韓国内にいる全韓国軍に対し、全軍結集と北進の檄を発信したのだ。

政府の命令ではなく、なぜ『檄』なのか。

じつは以前、仁川《インチョン》上陸作戦を実施した時、連合軍は三八度線で踏みとどまる姿勢を見せていた。無謀な北朝鮮の南進を押し戻し、早期に内戦を終結させるには、そこで止まるのがもっとも合理的と判断されたからだ。

ところがそれを無視し、大統領命令によって韓国軍を北進させたのが李承晩である。

この判断は、GHQにはなんの相談もなく行なわれた。

結果、一時は北朝鮮と中国との国境付近まで攻め上がったものの、最終的には中国人民軍の大量参戦という最悪の事態を招いてしまった。

しかも、それまでは朝鮮半島内の内戦と定義されていたのに、中国人民軍の参入により国家間の戦争へ発展してしまった。

これらを招いたすべての責任が李承晩にあるとして、GHQのマッカーサーは国連および合衆国大統領府と協議の上、李承晩がいくつかの国際法違反を犯した疑いがあるとし、とりあえずの韓国軍に対する韓国政府の戦時統帥権剥奪を言い渡したのである。

裁判自体は結審しないと罪に問えないため、いまのところ李承晩の罪は不透明となっている。

しかし、すでに起訴されている身でありながら、釜山の臨時政府閣僚と謀議の末に、ふたたび韓国軍の統帥権を取りもどそうとしたことは、明白な国際司法裁判所に対する挑戦であり、新たな罪に問われることになる。

李承晩の国連軍に対する一種のクーデターまがいの行動を知ったマッカーサーは、これ以上の独断専行は許さないと、GHQの持つ戦時非常事態権限をフルに生かし、韓国政府の機能の一時停止と、大統領権限の全剥奪を言い渡したのである。

すなわち連合軍が、朝鮮戦争という非常事態を利用して、韓国の国権を停止させたことになる。

これは戦争が自国本土で行なわれていて、戦争行為を他国の軍に頼っている場合にのみ可能な措置であり、今回も一応は要件を満たしている。

つまり、戦争を遂行する能力のない政府が利敵行為を行なうのを、戦争を遂行している他国の軍が未然に阻止するためのルールである。

問題は、国連で承認した正規の国家である韓国の持つ権利……しかも国軍として韓国軍まで保有している状況において、助力者にすぎない連合軍が勝手に国権を剥奪していいものかという点だ。

そこのところはＧＨＱも悩んだあげく、合衆国政府および国連安保理に良案がないか相談した。

そこで出てきたのが、李承晩大統領の心神耗弱による大統領権限執行に対する不適合判断である。

これを国連が管轄する国際司法裁判所へ提訴すると同時に、判決が下るまでのあいだ、一時的に大統領権限と政府権限を停止させる。これなら国権剥奪ではなく一時停止のため、戦争中の緊急避難に当てはまる。

なかなか苦しい言いわけだが、原爆まで使用した後の、下手をすると世界大戦に発展するかもしれない状況にあっては、韓国軍を野放しにはできない事情がある。

一連の逮捕劇のあと、即座にＧＨＱ広報部の手により、韓国だけでなく全世界へ向けて、今回の件についての釈明会見が報道された。

その広報資料には、次のように書かれていた。

『朝鮮戦争の中にあって精神的に疲弊した李承晩大統領は、すでに韓国軍に対する指揮権を剥奪されるほど精神的に病状を悪化させていた。

しかし連合軍最高司令部《ＧＨＱ》は、戦争当事国の大統領の尊厳を最大級に評価し、これまでさまざまな戦争遂行に関する交渉を行なってきた。

ところが、李承晩大統領のたび重なる越権行為は、あまりにも常軌を逸脱したものだった。

放置すれば韓国軍が暴走し、朝鮮戦争をきわめて悪化させる可能性が高いと判断したＧＨＱは、連合各国および国連安保理と協議した結果、朝鮮戦争は連合軍司令部に任せて、李承晩大統領は静かに静養すべきとの結論に達した。

ところが今回、権限を制限された李承晩大統領は、ＧＨＱから韓国軍の戦時統帥権を奪取すべく、韓国軍に対し決起するよう声明を発してしまった。これは明らかな連合国との協定違反であり、連合軍の命令系統に重大な齟齬《そご》を来すものであった。

そこでＧＨＱは緊急避難的な措置として、国際司法裁判所の判決が下るまでのあいだ、李承晩氏の大統領権限そのものを、心因性の病気を理由に剥奪するしかないと結論を下した。

今後、拘束された李承晩氏は合衆国にある精神科病院に入院させられ、治療を受けつつ判決を待つ身となる。

残された韓国政府閣僚は、政府機能の一時停止により公民権も停止される。以後は戦争の進捗状況に合わせ、逐次ＧＨＱより連絡を入れることになるが、それまでは釜山で待機するよう命じられるだろう』

かくして……。

ここに韓国は、ついに全機能を国連軍にゆだね、国家としての機能を喪失したのだった。

＊

韓国の国権剥奪と国連軍朝鮮方面司令部による軍事統制……。

この知らせは、日本政府にも衝撃を持って受け止められた。

韓国の現在の状況は、いまの占領下の日本と同じである。ただ、韓国政府と閣僚は存在するものの、公民権を一時的に停止されているぶん、日本より悪い状況と言える。

これがなぜ、日本に衝撃を与えるのか。それは日本を同じ立場に立たせてみればわかる。

韓国は独立して国連にも承認された。なのに国内を戦場とする戦争が勃発したら、国連軍により国家としての機能を停止させられてしまった。

ということは、もし日本が独立を果たした後、同じような状況になった時に国連軍が日本本土で戦争を遂行した場合、日本の国権が停止させられる可能性があることが、全世界に知らしめられたのだ。

独立して国軍さえ保持できれば、もう他国の思惑に蹂躙《じゅうりん》されなくてすむ。誰もがそう思っていたのに、現実には簡単にくつがえってしまう。

国際社会の容赦ない苛烈さに驚愕したのである。

「連合軍の焦燥はわかるが……もっと温和なやり方はなかったんだろうか。

あ、いや、儂も李承晩大統領の独断専行と、竹島をめぐる李承晩ラインの身勝手な設置には、はらわたが煮えくり返る思いを感じた一人だから、今回の措置について文句を言う筋合いはないのだが……」

湘南にある家に後輩の政治家たちを呼んだ吉田茂は、そこで珍しく愚痴めいたことを話していた。

与党の政治家たちを呼んだのは、まもなく行なわれる臨時国会において、日本の独立に伴う憲法改正について、与党としての意見を集約するためである。

まだGHQや連合国からは、具体的な独立の日程は告げられていない。

ともかく朝鮮戦争が終わらないことには、とても日本の独立など協議できる状況ではないというのが本音のようだ。

しかし、相手がそうだからといって、こちらも何もしないというわけにはいかない。日本側は万端に整えた上で、相手の出方を見る必要がある。

そのためには、占領下の日本政府閣僚と与党が一丸となって、独立のためのシミュレーションを実施しなければならなかった。

「このようなことが起こると、たとえ建前で独立しても、実質的には占領下の政治が続くのではないでしょうか」

若手のホープと期待されている官僚出身の佐藤栄作が、特徴的なぎょろ目を光らせながら聞いてきた。

ただし佐藤は、一九四九年に起こった疑獄事件により逮捕寸前まで追い込まれ、現在は自宅謹慎中となっている。つまり、今日はお忍びでの参加というわけだ。

「今回の件は、かなり特殊な事情が重なった結果の、いわば最悪の選択肢といったところだ。よって日本において、ただちに当てはまるようなものではない。だが……絶対にあり得ないと言えないところがつらいな」

日本で同じ状況になるには、まず日本本土で戦争が行なわれるという、前代未聞の出来事が大前提となる。

あの第二次大戦であっても、日本は本土決戦を回避したのだ。おそらく今後も、可能な限り本土決戦を回避する方向で日本は動くはず。

となれば大前提が成立せず、韓国と同じ状況になることもない。

そう吉田は説明したのだが、前提条件などいかようにも変えることができるという点では、なんの確約にもならないことを、ここにいる政治家たちは熟知している。

「こうなると……憲法改正において、戦時統帥権を政府に持たせるのは難しくなるのだが……」

とんでもないことを言い出したのは、労働大臣の保利茂だった。

大日本帝国においては、戦時だけでなく平時においても統帥権全般を天皇が有していた。

これを犯すことは統帥権の干犯と呼ばれる大罪とされたことは、まだ終戦から年月が経過していない現在、ここにいる誰もが知っている。

なのに保利は、いわばタブー視されている軍統帥権の政府以外への移転を口にしたのだから、たちまち全員が色めきだった。

「おいおい、いくら労組との交渉で疲れているからといって、それはないだろう」

苦笑いをした吉田は、保利の発言を冗談として片付けてしまった。その上で、内閣官房長官の岡崎勝男へ質問した。

「そういえば、特使としてアメリカに渡っている池田君は、いまどうしてる？」

吉田は原爆投下を事前に知らされていた数少ない日本人の一人であり、原爆使用後にどのような突発事項が発生してもいいように、側近で大蔵大臣の池田勇人をワシントンへ行かせていた。

そのため一時的に、吉田が大蔵大臣まで兼務している。

「現在は国連本部において、非公式ながら日本の特使として情報収集に努めているそうです。ただ……日本はまだ国家として認められていないため、なかなか話をしてもらえないと、当人から電報が届いています」

「そうか、池田君には苦労をかけているな。しかしこの苦行は、いずれ必ず彼自身のためになる。だから外交は彼に任せ、我々は日本国をどうするか、真剣に考えようではないか」

話をもとに戻した吉田を見て、国務大臣の林譲治が口を開いた。

「政府に統帥権を渡すのであれば、政府のほうで制限を設けておかないと、のちのち大変なことになりますな。私としては、日本国は合衆国と同様に、法律で共産主義を非合法化すべきだと思います。

　共産主義や社会主義者が政権を奪取すれば、軍の統帥権も彼らに渡ります。その時になって民主主義の結果だと主張されれば、我々にはどうしようもない。それを未然に防ぐには、独立時に明確な資本主義国家宣言を行ない、その範疇《はんちゅう》で政府を立ちあげるべきです。

　そうすれば、どう転んでも東側の傀儡《かいらい》になる政権は誕生せず、軍の統帥権も西側に属することになるでしょう」

　なかなか過激が意見だが、ここ最近、ＧＨＱの初期方針を作った民政局の影響からか、日本国内の社会主義勢力が台頭してきている。

　このままでは林が言うように、いつか社会主義を党是とする与党が誕生してもおかしくない。

　そうなれば、現在のＧＨＱ方針とも食い違うことになるし、現実主義者になったマッカーサーも賛成しないだろう。

　つまり日本の現実を見る限り、林の意見は具体的であり、かつきわめて現実的なものなのだ。

「すぐには無理だろうが……なんとか憲法を改正できるような風潮を作れば、徐々にそう国民を誘導することは可能かもしれんな」

　ともかく現在の日本国憲法は、すでにマッカーサー長官も理想主義すぎると反省している代物だから、いわば民政局の置き土産にすぎない。

　これを独立後に、いかに日本国の実状に則したものへと改正できるかが、今後〇〇年の日本の未来を決定することになる。すでに国軍を保有することは決定事項だ。となれば憲法九条の条文も、根本的に変えねばならない。

　それ以前に、憲法前文も問題がありすぎる。日本が極東地域というきわめて不安定な場所に存在する以上、あの前文では駄目だ。しかも中国が理解不能な現在、さらなる混乱が極東を襲う可能性もある。

さあ、そろそろ雑談は終えて、本題に入ろうじゃないか。どのみち、ここで話しあったことはすべてなかったことになる。

我々は吉田の家で酒を飲んで騒いでいた……臨時国会を前にして、いわゆるひとつの景気づけというわけだ。いいな？」

そううそぶく吉田の前には、湯飲みに入った渋茶しかない。他の者の前にも、同様に渋茶が置かれている。酒宴など、最初からするつもりなどまったくなかった。

ともあれ……。

今日、これから談合する内容が、今後の日本を大きく動かすことになる。そのことだけは、参加している全員が心底から感じていた。

すでに日本は、戦後に向けて歩みはじめていたのである。

3

六月一八日　元山平野北部

元山平野の北部……。

実際には、北部に該当する場所は広大な湾になっていて、湾内に点在する島を除いて陸地はない。

しかし、日本統治時代からの慣例により、元山北部といえば元山市街地から西北西方向にあるムンチョン／コウォン、および周辺部の低い山地を示している。

そのため北朝鮮軍や日本軍も、方角を無視したこの呼びかたを踏襲している（さすがに米軍の英語で書かれた公式書類では、正確な方角に修正されている）。

その元山から二〇キロほど離れたコウォン地区北西部にある山あいの谷周辺に、木立に紛れるようにして、なんと七万もの北朝鮮軍部隊が潜んでいた。

「我々の本拠地だった咸興《ハムフン》に原爆が落とされたせいで、市街地にいた中国人民軍の巻きぞえで三万人も戦死してしまった……。

幸いにも北朝鮮人民軍総司令部は、山間部に掘った地下要塞にあるから無傷ですんだ。さらに言えば、我々の本隊にあたる司令部直轄防衛隊も健在で、いまもって要塞周囲で防衛態勢を堅持している。

だが、終戦後に朝鮮統一国家の礎《いしずえ》になるはずだった朝鮮人民軍の多くを失ってしまったのは、まったく取り返しのつかない失態と考えている。このことを総司令部におられる金日成委員長閣下は、どうお考えになられているのだろう」


谷の斜面に掘られた急造の横穴の中で、北朝鮮軍の大佐の襟章をつけた男が、おおむね尉官を中心とした八名ほどの軍人を前に、甲高い声で話をしている。

この横穴は、いちおう東部方面軍司令部と呼ばれている。とはいっても手掘りの防空壕レベルの穴にすぎず、一〇名も入れば満杯になる程度のものだ。

そこに尉官を集めた大佐がいる。

しかし、七万に達する大部隊の最高指揮官が、たかが大佐のわけがない。最低でも少将、普通なら小規模な軍団構成のため中将あたりが適任となるはずだ。

むろん、いま話をしている男は最高指揮官ではない。男の名は岡田白水《カンジョン・ペクス》といい、じつは純粋な日本人である。

おそらく日本人風の名前も偽名で、朝鮮人に日本風の名前と理解させるための通名だと思われる。

なぜ純粋な日本人が、北朝鮮軍の士官になっているのだろう。事情を知らない日本人なら、誰もがそう思うはずだ。

ところが実際には、北朝鮮軍には数多くの日本人が参加している。

その大半は、終戦で日本が降伏したのちも北朝鮮に残った帝国軍人たちだ。連合軍に対する降伏を受け入れられず、なおも抵抗を続けようとした者たちである。

ところが、その後の朝鮮半島は短期間で分断され、北朝鮮にいた日本軍人は完全に取り残されてしまった。

その後、南朝鮮区域にいた日本人はなんとか釜山まで逃げ延び、そこから九州へ渡って難を逃れることができたが、北にいた者はそうもいかなかった。


そして北朝鮮が建国されると同時に、北朝鮮に忠誠を誓うことを強要された。断れば即座に処刑される。意志を貫いて死んだ者も大勢いた。

南にいるアメリカ軍と戦うため協力しろと言われ、なかば洗脳されるようにして参加を決めた者もいる。むろん少数の者は、心底から共産主義に同調し自ら志願した。

その志願組が、現在の高い地位にある日本人である。

岡田も歩兵旅団を預かる旅団長であり、咸興の地下司令部に籠もりっきりの金日成委員長にも一目置かれている。

そのため今回の元山奪還作戦においては、軍団長の洪赫列《ホンヒョクル》中将の作戦参謀的な役割を担っている。

岡田は、師団や旅団に所属している各連隊単位で、主に大隊や中隊クラスの指揮官を集め、それぞれに作戦任務を割り当てる役目を遂行中だ。そのための横穴集合だった。

各師団長や旅団長には、洪軍団長自ら命令を伝える。そして師団長や旅団長は、連隊クラスの指揮官までを統率する。

こうしておけば横の連絡は可能な限り少なく、縦の連絡のみがしっかりと行なえる。この仕組みは、完全な上意下達方式を採用している北朝鮮軍では効率的とされている。

しかし……。

せっかくの上意下達の場で、岡田は上部批判ともとれる愚痴を口にした。

それだけ北朝鮮軍の規律が乱れていることもあるが、最大の原因は、咸興の地下に籠もりっきりで、友軍のはずの中国人民軍の命令にすらしたがわない、臆病な北朝鮮軍首脳部に対する不信があった。

「岡田参謀……噂では、総司令部にいたソ連の軍事顧問団が追放されたとか。いったい総司令部で何が起こっているのです？」

どこからか情報を持ってきたらしい砲兵大隊長が、あたりをはばかるように小声で聞いてきた。

「その噂は、自分も聞いている。ソ連軍の直接支援が途絶えて三ヵ月……代わりにやってきた中国人民軍東部方面司令部の連絡武官が、どうやら強引に追いだしたらしい。

つまり、北朝鮮軍の指導役がソ連から中国に変わったことを、総司令部にも具体的行動で示したかったわけだ。

かといって、ソ連政府と中国共産党政府が敵対しているわけではないようだ。朝鮮西部の各地では、いまもソ連の支援が続いていると聞いているし、あっちでは中国人民軍とソ連顧問団は共存している。

いろいろ考えると、どうもこれは、この戦争が終わった後にどちらの国が朝鮮半島で主導権を握るか、中ソのあいだで秘密の取り決めがあったんだと思う。まあ、これは俺の勝手な思い込みかもしれんが……」

今度は戦車大隊長の大尉が質問してきた。

「でも、参謀殿。この戦争、我々は勝ってるんですか？　総司令部のある咸興ですら原爆を落とされて大被害を受けたし、元山にも落とされたことがわかっています。

東部でさえ二発も落とされたんですから、西部ではそれ以上が落とされたと考えたほうが……。

でも総司令部は、我々に他の方面の情報を教えてくれませんよね？　もしかすると、ものすごく劣勢に立たされていることを隠したいため、情報を出していないんじゃないかと」

この戦車大隊長はかなり頭がいい。

どちらかというと刹那《せつな》的な思考をしやすい朝鮮人の中にあって、きちんと論理的思考を行なっている。

「原爆で中国人民軍が大被害を受けたというのは事実だ。東部だけでも二〇万以上の死者が出たとの報告もあった。

東北方面にいた中国人民軍の総数は六〇万から七〇万くらいだったはずだから、三分の一を失えば大被害と呼ぶべきだろう。

しかし我々は、まだ負けてはいない。ソ連顧問団は原爆投下の前に大部分が撤収している。このことを深読みすると、ソ連は原爆投下を知っていた可能性があると思う。

ソ連も原爆保有国だから、自国の軍人が原爆の犠牲者になったら、嫌でも原爆による仕返しを検討しなければならない。もしソ連が南朝鮮に対して原爆を使用したら、次は米ソ両国による直接的な原爆戦争に発展する可能性がある。

実際にそれを行なえば、おそらくアメリカが勝つ。なにしろ持っている原爆の数が桁違いだからな。

つまりソ連は負け、アメリカの言うことを聞かなければ国が滅ぶことになる。それを避けるため、慌てて朝鮮から手を引いたのだろう」

相手の頭が切れると理解した岡田は、かなり突っこんだ話をしはじめた。

他の指揮官は戦闘指揮には長《た》けているものの、その他のことには頭がまわらない者が大半のため、二人の会話を茫然と見ているだけだ。

「ということは、中国人民軍に対して容赦なく原爆を使用したのは、中国が原爆を持っていないからなんですね？　となればアメリカは、やりたい放題じゃないですか……」

「ああ、その通りだ。しかし、そうではないとも言える」

岡田の理解不能な返事を聞いた戦車大隊長は、少し首を傾げて考える仕草をした。

しかしいまの返事は、誰が聞いてもわからないものだと理解したらしく、あらためて質問した。

「よくわからないんですが……アメリカはやりたい放題できるけど、それでも中国が負けることはない、そうおっしゃりたいのですか」

「貴様は頭がいいな。その通りだ。その答えは、もう出ている。原爆により多数の中国人民軍を失ったにも関わらず、中国はさらなる増援を実施中だ。同時に、我々に対しても反転攻勢に出るよう厳命を下している。

つまり、これから先、どれだけ原爆を食らおうと、中国人民軍の進撃を止めることはできない……そう中国政府首脳は考えているということだ。

失った兵力以上の増援を続ければ、侵攻する勢力は増大する。単純な算数の問題だな」

「でも……それに我々がつき合うのは無理があります。この前の原爆投下で三万を失い、北朝鮮軍の総兵力は四〇万の大台を割ったはずです。

戦争開始直後は八〇万近くいたのに、とうとう半分以下になってしまいました。

この先、中国人民軍の命令にしたがって反転攻勢すれば、行く先々で原爆を落とされ、さらに減ってしまう。これでは戦争に勝っても、朝鮮半島にいるのは中国人ばかりになってしまうではないですか！」

戦車大隊長の胸中にあった根本的な不安……。

それが吐露された瞬間だった。

いかに祖国を奪還できても、そこに住む者が中国人ばかりではなんの意味もない。朝鮮民族が安寧の地を得て初めて、朝鮮は朝鮮たり得る。

大隊長の祖国愛は、この発言においてはまったく正しかった。

「おいおい、俺だって純粋な朝鮮人じゃないぞ。もとは日本人だ。どの民族であれ、朝鮮の地に骨を埋める覚悟でいる者は、もう朝鮮人と呼んでもいいんじゃないか？」

「あ……すみません。参謀殿のお気持ちもはからずに……」

朝鮮人は絶対に自分の非を認めない。

なのに戦車大隊長はすんなりそれを認めた。すべては、岡田が彼らを帝国陸軍風に教育した結果だった。

帝国陸軍式の教育と五族共和を唱える大東亜共栄圏の思想は、教育を受けた朝鮮人の一部を確かに変えたのである。

「とはいえ……貴様の言うことのほうが、道理にかなっているな。たしかに戦争に勝っても、朝鮮人が滅亡したら意味がない。

さらにいえば、北朝鮮の住人だけ大幅に減って、南朝鮮の連中が大勢残るとなると、俺たちは誰のために戦ったのかということになる。

あくまで戦後は、北朝鮮に住んでいた俺たちが主導権を握って復興を指導しなければ、まったく元も子もない。

そこで……この件に関しては、自分に考えがある。だから少し時間をくれ。俺を信じて言う通りに行動してくれれば、きっと悪いようにはならないはずだ」

具体的なことを口にしない岡田を見て、利口な戦車大隊長は鋭く察したらしい。

いまはまだ口外できない。すれば粛清される。そういった類のものである。

「自分は参謀殿の命令にしたがいます。命令していただければ、説明などいりません」

「貴様、頼もしいな。ともあれ我々は、当面のあいだ上の命令にしたがう責務がある。

いまは作戦会議中だから、この司令部洞穴に朝鮮労働党の政治将校が来ることはない。もうソ連の政治将校はいないし、中国軍の政治将校は自分たちの部隊を見張るので精一杯だ。

となれば残っているのは、我々自身の軍の政治将校だけだが、連中が安全な総司令部地下壕から出てくるはずもない。出しても下っ端だから我々でも手玉に取れる。よって、いまこの場で話したことが外部に漏れることはない……。

我々は秘密を持った。その秘密を守るには、時期が来るまでは素直に作戦を実施して、波風立てないようにしなければならない。そういう意味での命令順守であり責務だ。

ともかく今回の作戦は、なかなか大変なものになると思う。なにせ相手はアメリカ軍ではなく、これまで散々我々を悩ましてくれた日本軍だ。俺個人としては、もっとも戦いたくない相手でもある。

だが、あえて戦う。アメリカに尻尾をふった日本人よりも、いまの俺は北朝鮮人のほうが身近な存在だからだ。その上で朝鮮のため密かに行動を起こす。

いいか、よく聞いてくれ。後のためにも、犬死にだけはできない。できるだけ被害を少なくして、一人でも多く生き延びさせなければならないぞ。

それでいて、総司令部や中国人民軍から疑われないよう、派手な動きをしなければならない。

非常に難しい作戦になるが、軍団長も我々の仲間だから、俺の作戦を認めてくれている。あとは指揮下にあるお前たちが、俺の作戦通りに動いてくれれば必ずよい方向へ進むことができる。

間違っても独断で動くな。直接的な上官の命令のみを聞き、その通りに動け。

そうすれば我々の指揮下にある七万は、いずれ救済される。たとえ総司令部や中国人民軍がどうなろうとも……な」

いったい、この横穴で何が話し合われたのだろう。岡田の口振りからすると、かなり北朝鮮軍にとって不穏な企みが進行しているようにも思える。

しかし彼らの結束は固く、ここでの話が外部へ漏れる恐れはない。もし他の者が知ることがあれば、それは事が成就してからでしかなかった。

＊

一方、原爆投下地点を避けて元山市街地を制圧した日本軍は、周辺部の守りを固めると同時に、周囲に多数の偵察部隊をくり出し、元山周辺部の徹底した情報収集に余念がなかった。

「我々は、ようやく当初の作戦予定を達成できた。日本軍上陸部隊の元山到達および攻略が最終目標であった以上、上陸作戦はここに終了したと判断する」

元山の鉄道駅舎があった付近に、瓦礫《がれき》と煉瓦塀で囲まれた地区がある。

統治時代の地図を見ると、そこは陸軍の鉄道補給を管理する場所だったらしいが、いまは瓦礫の山だ。かろうじて煉瓦塀だけが、敷地全体を囲むように残っている。

その中に幕舎をたてて前線司令部（実際には軍団司令部規模だが、最前線のため前線司令部扱いとなっている）を設置した巻部和宏上陸部隊司令官兼第一師団長は、ただちに指揮下にある部隊に対し、市街地全域の徹底した捜査（主に残存トラップの除去）と部隊への補給を命じた。

その上で、先ほどの締めの言葉となったのである。

前線司令部幕舎から出た巻部のところに、第一師団に所属する第一機動連隊長の東雲勝寅《しののめかつとら》中佐が歩みよってきた。

「本当にGHQや米陸軍司令部からは、今後の作戦予定が出ていないんですか」

原爆投下後の作戦は、『元山平野一帯を確保せよ』という命令しか出ていない。

元山市街地の確保は、もともと上陸作戦の予定に入っていたため、誰もが、いったん中断していた作戦を再開しろとの命令と受けとったのである。

その作戦が終了した以上、上層部はただちに次の作戦もしくは行動を命じなければ、部隊は動くに動けないことになる。

なのに命令がない。

これはおかしいと東雲連隊長は疑問に思い、質問しにきたらしい。

「格段の指示や命令がない場合、現地で待機というのは部隊運用の基本だろう？　そして待機中に部隊の休養と治安維持を行なうのは、制圧作戦後の部隊の常識だ。

だから上層部も、次の作戦をたてるまでは何も指示せず、我々に任せてくれているんだろう。

そのうち洞庭湖陣地か通川陣地から、増援やら交代要員を伴う部隊単位での移動命令が出ると思う。そうしたら我々は交代となる。それまではあまり気にせず、身体を休めておけということだ」

上層部のだんまりを悪くとってもしかたがないと、巻部は楽観的に考えることにしていた。

とにかく元山周辺の状況が異常すぎて、報告された上層部も戸惑っているに違いない。

なにしろ攻め入った元山平野には、本当にネズミ一匹いなかったのだ（ほとんど食料にされていたため、骨はあちこちに残っていた）。

当然、一般住民もいない。食料になりそうな草木すら、根こそぎ採られている。

一見すると無事に見える山間部の樹々も、中に入ってみると、食べられる木の皮はすべてはぎ採られ、下草で残っているのは毒草や食えない低木のみだった。

部下からの進言を受け、原爆病を用心しつつ少数の偵察部隊を投下地点近くまで行かせたが、そこにあったものは、累々と転がる人間の白骨ばかり……。

少し爆心地から離れた地点でも、全身に火傷をおって死亡した人民兵と思われる死体や、少しは生きていたのか、水場に折り重なるようにして死んだ大勢の兵たちしか存在していなかった。

巻部は、帰ってきた偵察部隊員たちを素っ裸にして行水させたのち、着ていた衣服と装備は地面を掘って埋めた。特別に支給したマスクも、すべて埋設処分した。

これらの措置は、部下から上がってきた長崎原爆の経験談をもとに行なわれたものだ。

その後にようやく報告となったが、自分たちですら原爆病に恐れおののいているのだから、敵兵の死体を埋葬してはどうかと言い出す者など一人もいない。

結果的にすべての原爆による死者は放置され、周辺一帯は立ち入り禁止区域に指定された。

これらの報告は、ただちに無線により上層部へ伝えたが、『それでよし』という返事のほかは何もなかった。

一番状況をわかっているのは現場の部隊であり、危機感も現場が一番感じている。

こうなるともう、後方に設置されている上層部は、現地にあれこれ言っても反感を買うばかりであり、よほど支障が出ない限りは現場に任せる方針となる。

その結果が、なにも言ってこない上層部の態度なのである。

となれば前線部隊のやることとは、ほとんど原爆の影響を受けなかった元山市街に展開し、守備を固めて命令を待つしかない。

巻部もそう判断し、実際に先ほど命令を下したばかりだった。

だが……。

現実には、まだ日本軍の索敵が及ばぬ北西二〇キロ先の山間部に、七万の北朝鮮軍が潜んでいる。

山の中に横穴や擬装陣地を構築しての隠密待機だけに、上空からの航空索敵では発見できないのだ。

このような場合、古典的な少人数の歩兵による索敵しか効果が出ない。

むろん巻部の部隊も、徐々に元山周辺へ偵察範囲を広げているが、まだ二〇キロ先までは手が及んでいないのが現実である。

そのため、敵の存在が露呈するのは時間の問題だが、その前に北朝鮮軍が動く可能性のほうが、ずっと高いと思われる。

休息に入った日本軍は実際のところ、きわめて切迫した危機に直面していたのである。

4
一八日夜　元山市街地北部

「上陸部隊総司令部へ緊急連絡！　元山市街地北部に敵集団が侵攻中。侵攻規模は不明なるも大勢力の模様。大至急、支援を求む。送れ!!」

幾度もの戦闘で慣れているはずの巻部師団長が、血相を変えて陣地通信班に連絡を取るよう叫んでいる。

日本軍上陸部隊による元山市街地での平穏な日々は、わずか半日しかもたなかった。

陽が暮れて夜の帳《とばり》が下りた途端、北西方向からいきなり大砲の砲弾が飛んできたのである。

時間あたりの着弾数や爆発規模から、敵砲兵部隊は二個大隊もしくは一個連隊規模と想定された。

むろん部隊規模をごまかすため、意図的に手を抜いている可能性もあるが、現状のような奇襲攻撃でそれを行なうのは得策ではないため、おそらく想定規模は間違っていないはずだ。

駅前に設置した前線司令部が混乱している間も、司令部の周囲には何発もの野砲砲弾が撃ちこまれている。

まだ退避壕もろくに掘っていない状況のため、一発でも司令部幕舎へ命中したら、たちまち指揮機能が激減してしまう。

司令部要員は、とりあえず掘りかけの塹壕へ飛びこみ、いまは背を丸めてやり過ごすしか手がなかった。

敵の奇襲は完璧に近かった。

このままでは非常に危ない。司令部として早急な対策を打ち出すべき状況だった。

「敵砲兵隊の位置、市街地北部より八キロ地点の山麓と思われる！」

市街地北部の街路と、崩壊した周辺建物を利用して構築した阻止陣地から、敵の砲撃地点の観測結果が送られてきた。

「第二師団第二砲兵連隊へ連絡。敵砲撃地点への反撃を命じる」

巻部も幕舎横に掘られた塹壕内で、別の場所へ退避した通信部の要員へ命令を発している。

味方の砲兵部隊は、市街地南部から少し離れた川沿いの段丘に展開している。そこから報告のあった敵砲兵陣地までの距離は、おおよそ一六キロ。

八センチ野砲だと届かないが、一〇センチ野砲と一六センチ多連装ロケット弾（無誘導弾）は余裕で届く。それを踏まえての巻部からの反撃命令だった。

味方砲兵部隊への命令を終えた巻部は、少し考えたあと、司令部参謀に命令をつけ足した。

「敵の砲撃精度が夜間にしては高い。おそらくこの近くに、敵の着弾観測員が潜んでいる。やつらを放置していると、どんどん着弾精度が高まるばかりだ。司令部直属の偵察大隊を全員くり出してでも、ここを中心とした半径二キロ内の徹底調査と敵殲滅を行なえ」

司令部の安全確保はなによりも優先される。もしそれが不可能なら、いますぐにでも後方へ移動しなければならない。

それを承知の上で、巻部はいまの混乱状況での緊急移動は危なすぎると判断していた。

「阻止陣地の第一機動連隊長から緊急通信。敵は小部隊に散開しつつ、阻止陣地の正面および左右側方から侵攻中。このままでは左右から包囲されるため、機動連隊の軽戦車と装甲車、そして迫撃中隊を使い、左右の敵をせき止める。

正面の敵は機動歩兵大隊と戦車中隊、対戦車中隊で食い止めるつもりだが、そう長くはもたない。至急、前線司令部から支援部隊を出してほしい。以上です！」

市街地の北部に設置した阻止陣地を守っているのは、元山守備部隊の中でもっとも火力のある第一機動連隊三〇〇〇名だ。

その精鋭部隊が、自分たちでは阻止できないと泣きついてきたのだから、おそらく攻めてきた敵の総数は一万を超えている。こうなると、砲撃支援だけでは守りきれない……。

「東雲《しののめ》に返電！　ただちに独立第一戦車連隊の第一戦車大隊を向かわせる。戦車大隊の護衛として、第一歩兵連隊第二大隊もトラックで向かわせる。これで左右の敵は阻止できるはずだ。

ともかく機動連隊は、正面の敵を阻止することに専念してくれ。今日は空模様が怪しいから、空母航空隊の出撃が可能かわからん。これから海軍に緊急支援要請を出すが、来てくれるかどうかは不明だ。

もし海軍の支援が無理な場合、朝まで手持ちの戦力で食い止めるしかない。

敵の主力を市街地に入れたら駄目だ。なんとしても市街地の先で食い止め、朝の航空支援に望みを託すしかない。送れ！」

東雲と名指しで告げた巻部だったが、これは第一機動連隊長の東雲勝寅中佐のことにほかならない。本来なら役職名で伝達すべきところだが、それだけ巻部も焦《あせ》っていた。

「師団長……万が一のことを考えて、前線司令部の後方移動の準備を始めますか」

第一師団司令部に所属する軍務参謀が、阻止陣地を突破された場合のことを考慮した上で進言してきた。

さきほど巻部が考えていたことだが、この状況だと誰でも考えて当然である。

「市街地中心部に前線司令部を設置して、まだ二日しかたっていない。なのにもう逃げ出すのでは、敵を勢いづかせるだけだ。

それに、どうせ撤収するなら昼間のほうがいい。味方の航空支援があるからな。

さっき夜間の航空支援も要請したが、夜は空からの攻撃が当たりにくいし誤爆の恐れもあるから、不用意に動かないほうがいい」

「了解しました。では明日の朝にあらためて状況を見てから判断します。ただ、もし撤収をお決めになられたなら、早めに命じてください。

下がるにしても、ひとまずは市街地南部に仮の司令部を置いてからでないと、命令系統に支障が出ますから。

その後は、元山平野南東部の原爆投下地点付近では放射能の関係から長くはとどまれませんので、一気にサンホ地区まで下がる必要があります。

当然、サンホ地区に阻止陣地を再構築しなければなりませんので、いまのうちに洞庭湖守備部隊にも応援を求める必要があります」

「それなら、ただちに洞庭湖陣地へ連絡を入れて、第一師団所属部隊に、すぐサンホ地区へ行って陣地構築を始めるよう命令を出してくれ。

これは第一師団長としての命令だ。師団所属の工兵大隊なら、短時間で当座の塹壕陣地を掘ってくれる。

その他の部隊については、先方の都合もあるから無理強いできんが、可能な限りの増援を求める。下がるにしても、すぐに反撃してここを取りもどさないと、敵の本隊が到着してからでは奪還が難しくなる」

いま攻めてきている敵が、本隊とは思えない。

まだ中国人民軍か北朝鮮軍かは判明していないが、どのみち新手の人民軍も北朝鮮軍と似たような装備を持っているとの報告を受けているため、おそらく人海戦術は使用せず、正規軍が行なうような正攻法で攻めてくるはずだ。

となると、これまでのようにはいかない。

人海戦術でくるなら、以前に行なった常識外れの大火力応戦が可能だ。

しかし、相手がきちんとした戦術を駆使して攻めてくるとなると、一点に火力を集中したら裏をかかれてしまう。

ここは苦しくとも戦術の王道にしたがい、敵の装備に合わせて味方火力を割り当て、各阻止地点における火力の質で対抗するしかない。

先ほどの部隊展開を命じる連絡も、左右と正面の敵の火力を鑑《かんが》みた上で、それぞれ阻止できる戦力を出すよう采配した結果だった。

前線司令部指揮官の命令を伝えに参謀が去ると、巻部は木製テーブルの上に広げられた元山市街地の地図を眺めながら、なんとか敵の総戦力を推測できないかと頭をフル回転させている。

しかし、いくら阻止陣地や市街各地に設置した警戒拠点から情報が入ってきても、夜間の場合、正確な敵情報を得られないことが多い。

不正確な情報をいくら集積しても、敵の総戦力は不鮮明なままだ。だからこそ、正確な情報が得られる朝になるまでは、動くに動けない……。

前線部隊に迫る危機を前にして、巻部は自分が徐々に追い詰められつつあることを感じていた。

＊

「移動するぞ！」

北部阻止陣地の左翼二〇〇メートル付近にある、木造の家畜小屋の二階。

　そこに第一師団所属の第一八狙撃中隊第二〇六狙撃小隊が、先ほどから左翼方面へまわりこもうとする敵部隊に対し、狙撃銃と八センチバズーカ砲／六・七センチ歩兵迫撃砲（七センチと略されることも多い）で阻止を試みている。

　しかし、こちらの位置がバレていない間のみ有効な狙撃小隊だけに、バズーカ砲を一発でも撃つと、たちまち不利な状況に陥ってしまう。

　いま二〇六狙撃小隊は、いきなり現われた敵戦車一輌に対し、それまで発射を控えていたバズーカ班が攻撃を仕掛けたことにより、一気に敵の目を引きつけてしまったのである。

　移動命令を下した小宮正吾小隊長の命令で、総数一六名の小隊員が動きはじめる。

　現われた戦車は見事撃破した。しかし発射地点がモロバレなため、最優先で移動しなければならない。

「さっきの戦車、見たか？」

　一階にある藁《わら》が積まれた場所へ飛び降りた遠藤真佐夫特任軍曹が、自分の分隊員となる二等兵に声をかけた。ただし、話をしている間も手足が止まることはない。

　遠藤の分隊は、個兵装備の六・七センチ簡易迫撃砲二門を配備されている迫撃分隊だ。

　彼らは小隊支援が主任務のため、さっさと場所を移動して、後から退避してくる他の分隊員たちの迫撃支援を行なう責務がある。

　小屋の裏手にある壁板の壊れた部分から、二等兵が外の様子をうかがっている。

　振りむきもせずに先ほどの質問に答えた。

「なんか、ちっちゃい戦車でしたね。あれって、ソ連の軽戦車ですか」

そう答えたすぐ後に「裏手に敵影なし」とつけ加える。

「分隊全員、よく聞け。小屋裏から外へ出る。移動目標は、三〇メートル先にある石垣の向こう側だ。石垣を盾にして迫撃支援を行なう」

小宮は命令を下したあと、背を低くし中腰になって走りつつ、先ほどの二等兵に話の続きをしはじめた。

「貴様……あの戦車がなんなのか、本当に見分けがつかんのか？　あれは旧陸軍の九七式戦車じゃないか！」

「知りませんよ、そんなこと。大戦中は田舎の中学生だったんですから。でも、なんで旧軍の戦車を敵が持ってるんです？」

「先の大戦が終わった時、朝鮮半島には多くの日本軍装備が残っていた。なんせここは、日本だったんだからな。それらが北朝鮮に鹵獲《ろかく》されたんだ。その後、北朝鮮軍は旧日本軍の装備を後生大事に保管していて、必要なら躊躇《ちゅうちょ》せず使っているらしい。朝鮮戦争の開戦初期段階では、隼戦闘機も飛んでいたらしいぞ」

話をしているうちに、目標の石垣の裏へ到着した。その間も、頭上を何発も銃弾が通りすぎていった。

「分隊点呼！　みんな無事か」

幸いにも四名全員が無事だった。

おそらく敵は、最後まで居座って退避支援をしている狙撃分隊に狙いをつけているらしい。

ほどなくしてバズーカ分隊も到着した。

「迫撃支援を行なう。目標、前方一二〇メートル付近の機関銃。二門同時に撃て！」

敵はこちらの二倍から三倍の兵数らしく、農場との境界となる木柵の向こう側が一段低くなっているのを利用し、そこから農場家屋めがけて機関銃や小銃を撃っている。

それらを一瞬でも黙らせないと、狙撃分隊が攻撃をやめて退避する時間が稼げない。

そこで発射地点が読みにくい、個兵用簡易迫撃筒による攻撃支援を実施することにした。

――ポポッ！

気の抜けるほど小さくおとなしい発射音とともに、六・七センチ迫撃弾が二発発射された。

この迫撃弾は、名前こそ『迫撃』となっているが限りなく旧軍の『擲弾』に近いものだ。

通常の迫撃砲のような支持架や照準用回転ネジなどはなく、ただ短い筒とパイプ製の一本台座があるだけの代物のため、照準はすべて射手の目測と勘で行なうしかない。

飛距離は二〇〇メートル以上あるが、外れることも多い。ただし熟練した兵士だと、十分に直撃に近い戦果をあげることもある。

今回は牽制のための攻撃だから、当たらなくとも近くに着弾すればいい。ともかく狙撃分隊が逃げる隙さえ作ればよかった。

ところが……。

「命中！」

なんと二発のうちの一発が、盛んに射撃を続けていた敵の軽機関銃を直撃したらしい。

着弾爆発音とともに、軽快な軽機関銃の射撃音がぱたりと止む。同時に、警戒したのか小銃の発射音まで途絶えた。

「敵は中国人民軍じゃなく、北朝鮮軍なんですか？」

二人の会話を聞いていた、簡易迫撃砲を撃ったばかりの一等兵が質問してきた。どうやら発射の準備をするあいだ、話を聞いていたらしい。

「たぶんな。中国人民軍は、自前の戦車を保有していないと聞いている。ただ、中国本土にも多数の放棄された旧日本軍戦車があるというから、そのうち出してくるかもしれんが。

まあ、自前で戦車を調達できない中国人民軍にとって、旧日本軍の戦車は虎の子だろうから、朝鮮半島にまで持ち込んでいないと信じるしかない」

北朝鮮軍はソ連の手厚い軍事支援により、T型戦車をはじめとして、数多くの近代兵器を供与されていた。これに対し中国人民軍は、自分たちすらソ連製戦車を与えられていないのだから、いまさら北朝鮮軍へ戦車を提供するはずもない。

ただし北朝鮮軍も、これまでの戦闘で供与戦車の大部分が撃破されて数が少なくなったため、とうとう秘蔵していた旧帝国陸軍戦車まで出してきたのだろう。

中国人民解放軍は、小銃や野砲などは戦後にソ連から供与を受けたものの、戦車の供与は断られている。無傷供与ではなく有償売却ならソ連も応じただろうが、建国してまもない共産中国には、悲しいほど金がなかった。

となると、手持ちの戦車は旧日本軍のものだけだから、朝鮮に送るより国内の治安維持に使用したほうが効率がいい……。

この差は、北朝鮮が完全なソ連の傀儡《かいらい》国家であるのに対し、中国共産党政府は同じ共産主義を掲げるものの、ソ連とは早い段階で袂《たもと》を分かち、以後は独自路線を歩んでいるところからきている。

「そういや、中国人民軍はジェット機も持ってないらしいですね」

「らしいな。誰も中国本土の現状を見たことがないから、本当のところはわからんが。米軍の指導教官によると、プロペラ機ならけっこう持っているとのことだった。

とはいっても、大戦末期や戦後に開発された機種ではなく、よくて大戦中期まで。そうでなければ、国民党軍から鹵獲した米国製航空機とのことだったが……」

「狙撃分隊、到着しました」

報告にやってきた狙撃分隊長を見て、小宮小隊長が遠藤のそばにやってきた。

「狙撃分隊員の一名が殺《や》られた。ここも、すぐに危なくなる。そこで全分隊が一分間だけ一斉攻撃を仕掛け、敵が怯《ひる》んだ隙に農場を脱出する。

行き先は阻止陣地左端だ。陣地に近づけば、たぶん味方の掩護が受けられる。そこまで分隊単位で下がれ、いいな？」

「了解しました」

小隊長が命令を伝えに来たため、遠藤の無駄話も終わりを告げた。

ものの一分もしないうちに、小宮小隊長の声がした。

「全員、撃て！」

バズーカ砲から迫撃砲、狙撃銃や小銃の発射音が入り乱れる。一分というごく短い集中射撃のため、思いのほか強力な弾幕が形成される。

敵はいきなりの猛攻撃に怯んだのか、撃ちかえすことすらせず、おそらく身を縮めて地面に伏せている気配がする。

「撤収！」

またたく間に一分が過ぎ、全員が石垣に背を向けて走りはじめた。

目標は、野菜農園の跡を横断した先……木柵を越えた場所にある阻止陣地の左翼端部分だ。

おおよそ一七〇メートルほどある距離の三分の二を走った頃、ようやく敵の射撃が再開された。

「くそっ！」

反射的に地面に伏せた遠藤は、そこから匍匐《ほふく》前進しながら、たった六〇メートル先に迫った阻止陣地の土嚢壁を恨めしそうな目で見た。

と、その時。

土嚢壁の向こう側に、ぬっとせりあがるように
M24チャーフィー軽戦車が一輌、姿を現わした。

すぐに車体前方にある機関銃が火を噴きはじめる。

「助かった!」

味方の軽戦車に撃たれないよう、射撃軸線から外れるまで匍匐前進した遠藤は、部下の分隊員たちに合図を送り、全速力で阻止陣地の土嚢を飛び越えて難を逃れた。

5

二〇日 極東

今朝の未明……。

福岡の板付飛行場へ、見たこともない巨大な飛行機が三機飛来した。

板付飛行場は、敗戦前は旧軍の大型飛行場として使用されていて、滑走路などの規模や整備状況がよかったため、九州飛行機などの試作機試験場として使われていたほどだ。

いま現在も、GHQ占領下にありながらも、国連およびGHQによる軍事技術制限の緩和が実施された結果、ふたたび九州飛行機は息を吹き返した。

現在の博多発動機がそれで、九州飛行機と昭和飛行機工業が合併した結果の航空機産業メーカーに成長しつつある。

その本拠地が板付飛行場であり、かつての旧海軍戦闘機『震電』の改良型がジェット化を大前提として開発が開始されているのだ。

ちなみに板付飛行場は、現在は純然たる米空軍基地である。

つまり、博多発動機は米軍基地内で国産ジェット機を開発していることになるが、これは占領下という特殊性からすれば当然のことと言えるだろう。開発されたノウハウは日米で共有されることになる。

板付飛行場は、関東地方の横田基地ほどではないにせよ、九州では最大級の規模を有している。そのため基地に所属する米軍人も多く、夜の博多……とくに中洲の賑わいは、ほとんど米軍将兵によって支えられていた。

巨大航空機は静かに舞い降りてきた。

夜明け前の着陸だったため、飛んでいる姿を目撃した者は少ない。

着陸すると、すぐさま米空軍の大型格納庫へ頭部から押し込まれたが、なんと尾部が格納扉の外にはみ出した。あまりにも機体が長大すぎたのだ。

夜が明ける前に、はみ出た部分は迷彩の入った布で覆われてしまったが、その間のわずかな時間、基地に雇われていた日本人軍属と在日米軍予備隊の基地支援隊だけが、これまで合衆国本土から出たことのない巨人機を見る幸運にめぐり合えた。

やってきたのは、合衆国本土で訓練中だったB-36D『ピースメーカー』である。

かつて『途方もない超巨大な空の要塞』と呼ばれたB-29の全長が三〇・二メートル。これに対しB-36Dの全長は、なんと四九・四メートルもある。

これでは格納庫からはみ出るのも当然である。

ただし、『平和製造機《ピースメーカー》』の愛称は正式のものではなく、開発段階からあちこちでそう呼ばれていたせいで、なし崩し的についたアダ名だ。

B-29を上回る六発ものR-4360-25レシプロエンジンと、四基のJ47ジェットエンジンを装備したバケモノ機であり、総量四・五トンの爆弾を抱えて五五〇〇キロを往復できる能力は、文句なしに現時点で世界最強の戦略爆撃機であることを物語っている。

だが、ここで疑問が湧いてくる。

朝鮮半島に原爆を投下したB‐29部隊は、すべて東京の横田基地から飛びたっている。

ということはB‐36Dも、滑走路に余裕があり極東米空軍司令部のある横田に飛来するのが当然なのに、なぜ板付基地なのだろう。

板付から北朝鮮北部までは、たしかに横田より近い。

しかしB‐29ですら、爆弾を満載した状態で横田から届くのだから、それよりはるかに航続距離のあるB‐36Dが板付飛行場にやって来るのは、いかにも不自然だ。

なにか特別の任務を帯びているか、もしくは新型機のため実戦試験を行なう目的でやってきた可能性もある。

ともあれ……。

事の真相は、おそらく米国防総省のトップシークレットに指定されているだろうから、日本にいる者で真相を知っているのは、GHQと在日米空軍のごく一部の者だけに違いなかった。

＊

北朝鮮東部……日時は少しさかのぼる一九日夜。

一八日からの一夜を通しての激しい戦闘で、ようやく日本軍を苦しめた相手の正体がわかった。

元山市街地に侵入してきた敵小隊の数名が、日本軍守備隊の包囲によって抵抗を諦め、白旗を上げて捕虜になったのだ。

とりあえず戦闘地域が市街地に食い込んできたため、中心部にあった前線司令部は市街地南部へ下がったものの、当座の司令部機能は保たれている。

その幕舎すら張っていない、いかにも撤収途中に見えるトラックや装甲車に囲まれた空き地で、急ぎの捕虜尋問が行なわれた。

捕虜になったのは全員が朝鮮人兵士だったが、その中に一人、妙なことを口にする者がいた。

その兵士は、あとで判明したのだが、いち早く白旗を上げた当人だった。

尋問を担当したのは、米陸軍所属のMP（在日米軍予備隊のMPは全員アメリカ兵。当然、軍法会議も米陸軍内で行なわれる）だったが、相手は朝鮮語と日本語の両方を喋れたため、意志疎通はほぼ完璧に行なわれた。

捕虜の兵士は次のようなことを言った。

『自分は、北朝鮮人民軍第一軍団長の洪赫列《ホンヒョクル》中将に直属している岡田白水《カンジョンペクス》大佐の部下だ。我が部隊は、元山を占領している日本軍を殲滅するよう、北朝鮮軍総司令官の金日成将軍に命令されて来た。

しかし、我々は日本軍と本気で戦う気はない。攻撃されればしかたなく応戦するし、進撃命令を守らないと粛清されるため、ともかく元山市街地確保までは全力で攻めている。これはしかたなくやっていることで、我々の本意ではない。

とはいえ、軍団すべてがそうなのではなく、日本軍と交渉して、身の安全と食料その他の確保が約束されれば投降すると決意しているのは、岡田大佐を信奉している第三突撃旅団六〇〇〇名と、第二突撃戦車大隊四〇〇名、そして第七白兵擲弾連隊二〇〇〇名だ。

これらの投降を決意した部隊は、岡田大佐が立案した、明日の元山市街地南部特攻作戦に駆り出される。そこでお願いしたいのだが、我々が突進する時、日本軍は同じ速度で後退してほしい。

互いに二キロの距離を開けたまま、元山平野南部からサンホ方面へ後退し、山間部に到達したら我が方はすぐさま投降する。これならば最後の最後まで、他の北朝鮮軍には気づかれない。

もちろん、事前に投降計画が露見すれば、岡田大佐以下全員が拘束され、中国人民軍の人海戦術部隊へ送りこまれる。これは、死ねと言われるのと同じ状況だ。見方によっては銃殺刑より酷い処置ともいえる。

軍団長の洪中将も謀議に加わった一人だが、指揮下の部隊が敵に投降したとなれば、まず粛清はまぬがれない。そこで我々が投降した段階で、軍団司令部直属の強行偵察大隊が、第二の反乱を実施する。

強行偵察大隊は、残り少ないT型戦車と装甲車を保有している。兵員もある程度はトラックで輸送できる。この部隊とともに洪中将も逃れてくるから、彼らが川の西側に到達したら渡河できるよう支援してほしい。

それ以前に計画がバレて、洪中将が捕縛されたら終わりだ。その場合は軍団内で一気に反乱を起こし、逃げられる部隊から逃げることになる。

この場合、まったく統率がとれないため、待ち構えている日本軍と不慮の戦闘が起こる可能性が高いが……よく観察していれば、北朝鮮側が組織だった攻撃をしていないことがわかるはずだ。

その場合は、日本側から投降を呼びかけてほしい。反乱を起こした者が部隊の実権を握っていれば、即座に応じるはずだ。そうでない場合は、残念だが本格的な戦闘に突入することになる。

我々は、もはや北朝鮮に勝ちめはないと判断した。いくら制圧範囲を広げても、そのうち原爆を使って壊滅させられるのなら、いっそ全員が友好的な捕虜となり、戦後に祖国復興の中核的存在になるべきと考えたのだ……』

もともと朝鮮人兵士は、負けそうになると遁走する傾向にある。

しかしそれは、部隊が崩壊して潰走するのが常のため、今回のように組織だっての投降劇は初めてである。

米軍ＭＰの指揮官も、そこのところが気になったらしく、すぐに巻部司令官に連絡を取り、直接尋問を行なってもらった。

巻部は捕虜の申し出た提案を罠と思い、確認のためいくつか質問した。

この場で岡田とかいう大佐の申し出を了承したとして、先方がそれをどうやって確認できるのかと詰めよったのである。

返事はあたかも用意されていたかのように、即答で行なわれた。

『この前線司令部を諸君が退去する時、米の入った補給用大袋を一〇袋、ずたずたに銃剣で突き刺した状態で残してほしい。そして米の中にジャガイモをそれぞれ一〇個、米軍用のコンビーフの缶詰二個、コンドーム三個を入れておいてほしい。

これほどの物資であれば、末端の兵士がかすめ取れば銃殺になる。万が一、すべて末端兵士に盗まれたとしても、ひどく破れた袋と散乱した米粒の一部は現場に残される。そしていずれ別の兵により、誰かが敵の重要物資を盗んだと報告されることになる。

現在の北朝鮮部隊にとって、米の大袋一〇個は得難い高級物資だ。ほかに要求した品も、現在の北朝鮮では絶対に手に入らないものばかりだ。

だから盗まれたとしても、かならず部隊を管理している岡田参謀のところへ報告が行く。盗まず報告した兵士は罰せられない。反対に物資の一部を褒賞としてもらうことができるから、必ずそうする。この物資の存在情報を、了承の合図にするよう言われてきた』

なにやら妙に具体的な提案であり、しかもよく考えると理にかなっている。

袋を破っておくのは、中身を確かめずに盗む兵が出ないよう、最初から重要物資であると明示するためだ。極端な物資不足に悩む、北朝鮮の出撃部隊を熟知した策だった。

巻部は一度、尋問から離れ、師団参謀たちと協議した。

その上で、捕虜の言う通りにしても、日本側として大きなデメリットはないと結論が出た。

どのみち、特攻してくる北朝鮮部隊を牽制するため、ある程度の応戦は必要不可欠となる。

したがって、もし応戦による双方の被害が少しでも避けられるのであれば、これはメリットとなる。

あとはもっとも危険度の大きい、二キロの間隔を保って元山平野南東の山間部まで下がるという部分が実現可能であれば、この提案は受け入れる価値があると判断された。

尋問に戻った巻部は単刀直入に提案した。

『我々を信用させたいのなら、北朝鮮軍の総司令部がある地下トンネル入口の正確な場所を教えてほしい。教えてくれれば明日の昼までに、こちらで真偽の確認をする』

本気で投降する気なら、金日成が隠れている地下トンネル基地の入口を教えられるはずだ。

いくら下っ端の兵士とはいえ、所属部隊が本拠地の咸興《ハムフン》から出撃してきた以上、彼らが原爆の被害をまぬがれたことは間違いない。

となれば、部隊は原爆被害が酷い咸興中心部ではなく、市街地の北部にある総司令部の近くにいたはずだ。

ならば出入口ぐらいは知っているはず……。

これが巻部の参謀たちが提案した、信用に値する対価情報であった。

兵士は、総司令部の出入口は何箇所かあり、すべては知らないと答えた。

ただ、自分のいた場所に近い二箇所ならわかると答え、巻部が用意した咸興周辺の軍用地図の二点に、鉛筆で丸を描いて具体的な場所を示した。

その後、二〇日の朝になり、海軍空母部隊へ精密索敵の要請を行なった巻部は、兵士が告げた二箇所の地点に、たしかに擬装されたトンネルの出入口と、侵入路左右を固めるトーチカ陣地の存在、警戒している複数の部隊がいることを確認したとの報告を受け、ようやく投降話を信じる気になった。

それからは、大車輪でこちらも欺瞞《ぎまん》行動の準備に入り、市街地南部の前線司令部は即座に破棄し、まず元山の東を流れる川の西岸まで下がった。

そして正午頃に、聞いていた通りの部隊が元山市街地南部へ現われたのを確認した後、川を渡って東岸で待ち構えた。

午後三時、敵が勢いを増して川の西岸へ殺到しはじめたため、巻部は軽戦車の機関銃だけを用いて、川の土手から威嚇の銃撃を実施させた。

そして、六輌の軽戦車が敵を牽制しているうちに、残りの全部隊を元山平野南東部にあるサンホ地区へ通じる山間の谷まで下がらせた。

＊

サンホ地区、二〇日夜。

「はいはい！　北朝鮮捕虜の皆さんは、これからトラックに乗って洞庭湖陣地へ移送しますので、配布された食料を食べながら順番を待ってください!!」

以前は朝鮮に住んでいたのだろう、流暢な朝鮮語で呼びかける日本軍下士官がいる。

彼の指示にしたがい、じつに一個旅団規模の北朝鮮軍将兵が、ぞろぞろとサンホ地区陣地跡の広場に列を作り、順番に輸送トラックに乗せられていく。

その姿を見ながら、第一師団歩兵第一連隊に所属する三潴《みずま》栄吉一等兵は、自分の守備位置となる塹壕陣地最前列で警戒任務についていた。

「敵が降伏してきたんだから、陣地で警戒態勢を維持するのって、あんまり意味ないような気がするんだが……」

前回のサンホ地区死守の時は、三挺の小銃を駆使して戦った三潴だったが、今回は敵が人海戦術に出る可能性はきわめて低いとの判断から、通常のM1カービン一挺だけ構えている。

「そう言わないでくださいよ。俺たち工兵隊が、せっせと復元した塹壕なんですから」

以前に弾倉を交換してくれたのとは違う工兵が、通路になっている塹壕の壁をスコップでならしながら、背を向けたまま言った。

サンホ地区の阻止陣地は、まだ大半が平地のままだ。しかし工兵の言う通り、元山平野方面に面する二列の塹壕だけは、突貫作業で再構築されている。

「貴様らには本当に感謝してるよ。あのまま野っぱら状態で応戦しろって言われたら、さすがに逃げたくなるからな」

「でも……守備についているのが第一連隊だけなんですけど、大丈夫ですか」

「しかたねえだろ。投降してきた北朝鮮部隊の数が尋常じゃない。さっさと後方へ順送りしないと、ごたごたしてるうちに本当の敵がやってきちまうだろうが」

投降してきたのは、あくまで北朝鮮第一軍団のうちの一部だけだ。残りの部隊は、おそらく軍団長による反乱を阻止したのち、元山市街地へ進撃していると思われる。

反乱と投降でどれだけ目減りしたかは不明だが、たぶん間違いなくサンホ地区を防衛している日本軍守備隊の三倍から五倍の戦力を保っているはずだ。

「それにしても来ねえなあ。投降してきた敵部隊以外の連中は、怒り狂ってすぐにやってくるって思ったんだけど……」

投降してきた北朝鮮部隊とともにサンホ地区まで下がった日本軍は、そこで以前のように絶対阻止の態勢をとるべく、突貫で塹壕を再構築した。

そして、なんとか洞庭湖陣地の予備部隊と合わせると、敵と同数に近い七個師団を確保した（サンホ地区にいるのは、あくまで一個師団プラスアルファ規模のみ）。

朝鮮に上陸してから初めて、日本軍は敵戦力と対等の布陣をなし遂げたのである。

だが、肝心の敵が来ない。

元山市街地を奪還した北朝鮮軍は、総数七万近くとの報告を受けている。このうち投降したのは、わずか八〇〇〇名あまり。

残り六万強は、まだ元山市街にいる。

敵の作戦目標は元山奪還だったらしく、市街地に入った敵軍部隊はその先に進もうとはせず、日本軍が放棄した阻止陣地や土嚢拠点を修復し、市街地全体に散開するかたちで居座る素振りを見せている。

敵は原爆を恐れている。

だから散開して広範囲に拠点を固め、なかなか先へ進もうとしない。しかも最悪なことに、どうやら軍団長の反乱と脱出は失敗に終わったらしい。

もし成功したのなら、いまごろは戦車やトラックに乗った一〇〇〇名弱の投降部隊が到着していてもおかしくないからだ。

　敵は反乱を未然に防ぎ、元山市街地で籠城する構えを見せている。

　ということは、軍団長に代わる誰か有能な者が、整然と指揮を取っているはずだ。

　間抜けな指揮官が統率し、無闇やらたと突撃してくるだけなら、サンホ地区の阻止陣地は最大効率で敵を阻止できる。

　だが敵の指揮官が有能で、軍団を元山でまとめあげて組織的に攻めて来るとなると、小競合いばかりが増えるため、敵味方とも膠着《こうちゃく》状況のまま被害だけが増大する悪循環に陥ってしまう。

　日本軍も、ようやく北朝鮮軍の兵力が判明したため、こちらもサンホ地区から洞庭湖にかけて同規模の七個師団を展開し、完全阻止を目論んでいる。

　七個師団のうちの二個機動歩兵師団は、後方からやってきたオーストラリア軍拠出部隊だから、火力や機動力はこちらが圧倒している。

　ようやく劣勢を対等まで持ってきた日本軍だけに、サンホ地区まで押し戻されたものの、ひとまず休息をとる余裕ができた。

　ただし皮肉なことに、その休息は投降してきた北朝鮮の岡田大佐の上官——北朝鮮軍第一軍団長の洪赫列中将の命と引き替えに得られたものだった。

第3章　新たなる段階へ

1

一九五一年六月二一日　極東

二一日の夜明け前……。

巨大なB‐36D三機が次々と離陸していく。

板付飛行場の長い滑走路を目一杯使い、四基のジェットを最大出力にまで上げての離陸である。

「ギア・アップ。ジェット推力最大。プロペラスロットル、八五パーセント。すべて異常なし」

操縦席の後ろにいる機関士が各種計器を確認しつつ、機長のバージル・M・クレスト大佐に報告した。

「板付管制、こちらフォースワン。離陸完了、すべて異常なし。以後、無線封止を実施する」

最後の報告を米空軍板付管制室に入れたクレストは、両耳にあてていたヘッドホンをずらすと、エンドリル副操縦士に声をかけた。

「操縦桿を渡す。このまま高度八〇〇〇まで上昇し、佐賀の伊万里上空を通過。済州島上空を目指せ。済州島上空に来たら、操縦を代わる。

そこから東シナ海へ出て西北西方向へ飛行、高度を一万二〇〇〇メートルに上げる。すべて予定通りに行なう」

予圧された操縦室はきわめて快適だ。

B‐29の場合、予圧を保つため操縦室から尾部まで長いトンネル状の予圧パイプが貫通していたが、B‐36の場合、同じ予圧パイプ構造ながらパイプの直径が太くなり、重要箇所には別の予圧室が設置されるなど、いくつもの改良点が見られる。

　もうひとつ、B‐36には驚くべき特徴がある。それは、自機を守るための武装がまったくないことだ。

　ようやく確立しはじめた戦略爆撃機のコンセプトのひとつに、『戦略爆撃は強力な長距離戦闘機の護衛とセットが基本』というものがある。

　その方針に忠実にしたがった結果、高高度巡航を最大の武器とする丸腰爆撃機が実戦投入されたのである。

　B‐36Dはこれから先……二一世紀にまで繋がる戦略爆撃（のちの戦略ミサイル構想を含む）の機能を、初歩的ながらすべて備えている。

　今回の作戦を見ても、時速五〇〇キロ強の巡航速度を維持しつつ、片道四時間以上の長旅である。


　もっとも……。

　今回の作戦には、護衛戦闘機はついていない。

　これは基本原則に違反するのだが、いったいどうしたことだろう。答えは、圧倒的な技術的優位に基づく高高度飛行にある。

　もし迎撃してくる敵戦闘機がいても、高度一万二〇〇〇メートルまで来るには相当の時間が必要になる。たとえジェット機であろうと、ようやく迎撃高度へ上がった時には、すでにB‐36ははるか彼方へ飛び去っている。

　まだ高高度に達する地対空誘導ミサイルなど存在しない時代のため、このような戦術が可能なのだ（対空砲はいまだに効果があるものの、設置場所を外れたコースを飛ばされたら意味がない）。

　いわばこの護衛なし作戦は、対空レーダーや対空ミサイルが未発達な現在、B‐36が圧倒的な優位に立っている証明のようなものだった。

＊

「なんですと……⁉」

久しぶりに吉田茂首相のところへ、マッカーサーがやってきた。

場所は首相官邸。電話一本のアポイントメントが、来訪前に知らされたすべてだった。

「本日の夕刻に、合衆国大統領による臨時のラジオ演説が行なわれる。今日が例の期限だからな。したがって演説が終了するまで、いま君が耳にしたことは、一切が連合軍最高機密として扱われる。いいな？」

首相執務室で出迎えた吉田は、淡々と話しはじめたマッカーサーを見て、これは大変なことになったと感じた。

マッカーサーは事が重大になればなるほど、表面上は冷静に見せかける癖がある。

おそらく自分自身の動揺を隠すためだろうが、吉田は早い段階でそれに気づいていた。

その上で、秘密と称する話を始めたのである。

実際、極秘事項と言われた内容は、吉田をもう少しで卒倒させるほどだった。

『いいな？』と問われて、思わず聞きかえす。

「当然……質問も駄目でしょうな」

ほとんど諦め口調で聞いた。

「ああ、大統領の演説が終われば、そこで機密は解除される。ただし、それは最高機密の解除であり、依然として軍機密レベルは保たれるのだが。まあ、ＧＨＱが用意したプレス用のメモをあとで渡すから、それまで待ってくれ」

マッカーサーの口調はモノを頼む感じだが、実際には強制である。

占領下にある日本の首相など、ＧＨＱにとっては占領民の反乱を防ぐための道具にすぎない。

「あの……ひとつだけ。ソ連は承知しているのでしょうな」

もっとも聞きたかったことだけに集中し、吉田はすがるような思いで聞いた。これを聞かなければ、これから一生悔やむと思った。

「すべて知っている。チャーチル前首相の手柄だ」

「なんと……」

先ほど吉田が聞いた事柄は、ずっと以前、チャーチル前首相がスターリンと秘密会談を行なった時に、ほぼすべてが決まっていたらしい。

そうでなければ、いまのマッカーサーの口振りが意味をなさない。

もはや自分にできることはない、そう吉田は確信した。

「ミスター吉田、私は忙しい。すぐにGHQへもどり、今晩にも実施する予定の作戦の、最終的な調整をしなければならない。


そうそう、日本軍も元山付近から移動させるから、そのつもりでいてくれ。そのほかも大きく動く。まあ、これらのことは日本政府には直接関係ないかもしれないが……いや、長期的に見れば大いに関係あるか。こちらのほうは、まだ明かせないな。うん、これで伝えるべきことはすべて伝えた。それでは失礼する」

マッカーサーの独り言など、見たことがない。まるで吉田が目の前に存在しないかのような言動は、マッカーサーが多忙すぎて、平静さを維持できるギリギリの線に達していることを示している。

「私には……なにもできん」

マッカーサーが去った後、執務用の椅子に深々と腰をおろした吉田は、心底から疲れたような声を出した。

あと数時間後、日本を含む極東全体の運命が大きく変わる。

まさに歴史的な一瞬……。

なのに占領下にある日本の首相は、歴史的転換にまったく関与できなかった。その無力さが、いま吉田の心に深い影を落としている。

「日本が独立したら、二度とこのような屈辱を味わってはならん。そうならないよう、独立国家としての決意を新たにし、国を健全に立脚させるための法整備が必要だ。

まず最初は……現行憲法を改定しなければならないな。国軍すら持てない国家では、大国のオモチャにされるだけだ。さきほどのマッカーサーの態度が、それを物語っている」

吉田は戦後、はじめて首相になった時、二度と日本軍など復活してはならないと確信していた。

吉田の知る軍は、たやすく暴走し、天皇の統帥権すら干犯したからだ。

政治は大政翼賛化し、軍の暴走を止めるどころか、戦争への道をひたすら側面から加速させた。これもまた、強大すぎる軍の権力が政治を無力化させた結果だった。

だからこそ吉田は、マッカーサーが日本軍を復活させると言った時、完璧なシビリアンコントロールが可能でなければ絶対反対だと主張したのである。

結果的に、現在の在日米軍予備隊は、米軍によってがんじがらめに統率されることになった。

在日米軍予備隊は、独立後の日本軍にほかならない。したがって日本が独立したのちには、米軍の有する強固な統帥権を、そのまま日本国政府が受け継ぐことになる。

総理大臣を最高指揮官とし、防衛大臣を実務指揮官とする、政治家によって指揮統率される軍が創設されるのだ（作戦遂行上の最高指揮官が軍服組になるのは当然のことだが、彼らを統率する最上層部が文民であればシビリアンコントロールは機能する）。

　占領下の政府では、ここまでの準備をするのが精一杯だった。

　あとは独立した後、実際に軍を運用しつつ、不都合な点を早期の段階で洗い出し、しかるべき立法措置による是正を実施するしかない。

　そのためには国内法を総括する憲法を改正しなければならない。

　改正される憲法に、国軍に関する具体的かつ確定的な条文が明記されねば、法改正の正当性を主張できないからだ。しかも、絶対に誤用されないかたち——一切の曖昧《あいまい》さを省いた確定条項でなければ意味がない。

　もし憲法に記載されている国軍条項に合致しない事態が生じたら、きちんと憲法改正を実施して正さなければ意味をなさないほど、恣意的な解釈が不可能なガチガチの記述にしないと、その時の権力にいいように利用される可能性が出てくる。

　この憲法に対する政治家たちの判断は、新たに独立する日本国が、本当の意味で民主主義を採用できるか否かの試金石となるだろう。

　そこまで……。

　自分は首相として日本国を牽引できるだろうか。

　吉田は常日頃から、暇さえあればこのことを考えていた。

　マッカーサーはかつて言った。

　日本が将来的に独立する時、その時の首相は吉田茂でなければならない……。

　あの時すでに、マッカーサーは吉田を運命共同体として認識し、善も悪もひっくるめて占領下で行なわれた一切合財……未来の日本に不都合となる事象はすべて、ＧＨＱ最高機密の闇へ沈める覚悟だったに違いない。

「死なばもろとも……か。まるで戦友のようだ」

やや自虐的に、吉田は独り言を呟きながら笑った。

2

六月二一日正午　北京

それまで一度も鳴ったことのない空襲警報が、午前一一時五二分に鳴りはじめた。

その耳障りな警報を片耳で聞きながら、毛沢東は党本部の国家主席執務室において、天津の中心部にある共産党天津支部からの電話を受けていた。

「よく聞こえない。もっとはっきり発音しろ」

共産党専用の電話回線というのに雑音が酷い。しかも相手の声は途切れ途切れにしか聞こえない。

『……すから、唐山方向……キノコ…が見え……ご指示を願……』

どうにも話にならないと、毛沢東は電話を切ろうとした。そこへ党中央書記局の幹部が走ってきた。

「主席、大変です。天津にある解放軍派遣駐屯地に、先ほど原爆が落とされました！」

「……なんだと!!」

天津の派遣駐屯地といえば、天津市の東部（唐山付近）に設営されている朝鮮派遣人民軍の集合駐屯地のことだ。

そこでは第三次派遣部隊の編成が行なわれており、今日現在の予定では、おおよそ六〇万名の人民軍正規兵が滞在していることになっている（すでに朝鮮内に入った第三次派遣部隊は、いまのところ一〇万余となっている。）。

むろん毎日のように流入と流出がくり返されているため、駐屯地にいま現在何人が滞在しているか、正確な数を知るのは容易ではない。

　編成を終えた部隊が連続的に朝鮮方面へ列車で運ばれているため、原爆投下時に何名いたのか、正確な数は共産党中央にもわからないのだ。

　幹部のところに歩みよった毛沢東は、本当に相手の胸倉をつかんで言った。

「なぜ原爆を落とされるまで、なんの報告もなかった⁉」

「……わかりません。ともかく、いま天津は大混乱に陥っています。空には三機の航空機が、ものの凄い高さを飛んでいるそうです。

　三機は海のほうから来たとのことでしたので、それも発見が遅れる要因になったかと」

　板付飛行場を飛びたったB‐36Dは三機。

　ということは、あの巨人機が中国まで飛んで来たことになる。しかも胴体内に原爆を抱えてのフライトである。

「ええい、貴様では話にならん。朱徳はどこにいる。人民解放軍の情報を知りたい！」

　午後から最高会議が行なわれる予定のため、朱徳もそろそろ党本部へ入る頃……。

　そう考えた毛沢東は、誰でもいいから朱徳を呼びに行かせようと思った。

「朱徳軍事委員会副主席は、新たに華南地区から北京警備に呼び寄せた人民軍部隊の視察を行なうため、北外路にある解放軍駐屯地で閲兵を行なっておられます。予定は午前のみですので、すでにこちらへ向かって移動なされて……」

　書記局幹部は、最後まで朱徳の動向を言えなかった。

　なぜなら、国家主席執務室の窓越しにきらめく光を感じた瞬間、わずかな骨を残して蒸発してしまったからである。

　それは、対面していた毛沢東も同様だった。

中南海の上空三〇〇メートルで炸裂したMk4原爆の威力は、三一キロトン。

中国共産党本部を中心とした半径五〇〇メートルが、丸ごと巨大な火球――一万度に近い超高温に包まれた瞬間だった。

天津に原爆が落とされたのだから、その先にある北京が狙われる可能性は高い。

なのに毛沢東も書記局幹部も、まったく予期している気配がなかった。つまり二人とも、連合軍のB-29が原爆を搭載して北京まで飛べるはずがないと信じていたわけだ。

そしてそれは、ある意味正しい。

B-29にMk4原爆を搭載した場合、最大航続距離は三〇〇〇キロ程度にしかならない。長崎型プルトニウム原爆は四トン近い重量があるからだ。

B-29が最大航続距離となっている六〇〇〇キロ以上を飛ぶためには、搭載重量をかなり制限しなければならないのである。

最大航続距離が三〇〇〇キロだと、往復するためには投下地点が一五〇〇キロ以内になければならない。北朝鮮なら横田からでも範囲内だが、北京ははるか先となる。

ところが、飛んで来たのは最新型のB-36Dだった。Mk4原爆を一発搭載した状態でも、おおよそ一万キロを飛行できるバケモノだ。

片道五〇〇〇キロもあれば、北京など楽勝で到達できる……。

相手の原爆が届かないと確信していたため、毛沢東たちは核シェルターすら作っていなかった。

本来なら真っ先に党本部の地下に作るべきシェルターなのに、通常の二トン徹甲爆弾に耐えうる程度の地下室でごまかしていた。

だから毛沢東も、地下へ退避しようとは考えなかったのである。

共産党本部上空で原爆が炸裂した時……。

朱徳は、爆心地から八・六キロ離れた北京北西部の街路を、党本部の車に乗って移動中だった。

いきなり前方上空に輝く光球が発生し、それは次第に見上げるようなキノコ雲を形成していった。

朱徳の乗った車は、少し間を置いて届いた衝撃波により激しく揺さぶられた。運転手が速度を落としていなければ、横転していたかもしれない。

かろうじて停車させることに成功した運転手は、爆風によってなぎ倒されていく街路や人々を、ただ茫然と見つめていた。

「おい、戻るぞ！　駐屯地は無事なはずだ」

さすがは、かつての八路軍の英雄である。

原爆の炸裂を目の当たりにしたというのに、朱徳はすぐさま次の行動を躊躇《ちゅうちょ》しなかった。

ある程度の距離があったことも、朱徳には幸いしている。

爆発による直射熱線は車まで届いているが、かろうじて火傷を起こさせる温度を下回っていたのだ。爆発時に発生する一次放射線も、中性子以外は十分に減衰している。

よって朱徳と運転手は、長期的に見るとＤＮＡ損傷などの影響が出るかもしれないが、直接および短期の影響はほとんど受けなかったことになる。

それが冷静な判断ができた理由だろう。

見る限り、党本部のある中南海は壊滅状況にある。おそらく誰も生き残ってはいない。

毛主席も死亡した可能性がきわめて高い。

となると……。

中国共産党の次席は、いま成都にいる周恩来副主席になる。北京においては、おそらく自分が最高位のはずだ。

ならば一刻も速く北京にいる全軍を掌握し、首都の治安を回復しなければならない。

それができるのは、周恩来ではなく自分……。

権力へのあくなき希求が、いま朱徳を動かしている原動力であった。

*

同日、夕刻……。

天津および北京に対する新たな原爆投下。

これを世界に対して説明するための、ラジオを用いた合衆国大統領演説が始まった。

「我々は警告した。現地時間の二一日正午までに、朝鮮半島から中国人民軍が撤収しない場合、中国共産党政府に戦争を終わらせる意志がないと判断し、戦争終結のための新たな作戦を実施する。そう確かに告げた。

だが、朝鮮半島に対するあくなき野望……領土的かつ思想的な野望抱く共産中国は、最終的には三〇〇万もの人民軍を送りこみ、歴史上かつてなかった規模の民族浄化を実行しようとした。これはとうてい許されるものではない。

我々は、中国人民軍が期限までに撤収しない場合、それは中国共産党という名の非正規組織による他国侵略であると断定する旨を先んじて示していた。

中国本土は、国連で国家承認されている中国国民党政府が統括する中華民国の国土であり、中国人民軍は地方軍閥の非正規軍と定義される。

これらの争いは、本来であれば中国国内の内戦として扱うべき代物だが、事が外国の領土へ及べば話は違ってくる。

よって国連軍は、朝鮮半島へ侵略行為を働いた中国人民軍の軍事的な一大根拠地である天津と、組織的な本拠地である北京に対し、二発の原爆を使用する結果となった。

我が合衆国を中心とする国連軍は、朝鮮戦争に直接的に関与するすべての勢力を実力で排除する。

本来であれば北朝鮮と韓国による内戦であったものを、国家対国家、国家群対非正規海外組織の構図に発展させた罪は、それぞれ関与した組織が責任を持って担うべきである。

なぜ我々が単一国家ではなく、複雑な手続きが必要な国連軍という名の多国籍軍を構成したのか、そのことを中国共産党政府はいま一度、頭を絞って考えるべきだろう。

国際連合は、戦前に存在した国際連盟のような脆弱《ぜいじゃく》な組織ではない。世界全体に深刻な影響を及ぼす事象においては、積極的にこれを解決すべく、軍事行動を可能とする組織として存在している。これはまさに世界の総意である。

重ねて告げる。中国共産党政府が、中国国民党政府の統括する中国国内において、いかなる活動を行なおうと、それは内戦の範疇《はんちゅう》にある。その限りにおいてアメリカ合衆国および国連軍は、直接的な干渉は行なわない。

しかし、ひとたび国境線を越えれば対外的な戦争行為と見なし、容赦なく本拠地もろとも殲滅する。これは合衆国の基本方針であり、国連軍も同意する事項である以上、今後何度でも実施されうる出来事と認識すべきである」

アルバン・W・バークリー臨時大統領は、これまでにないほど強い口調で演説を終えた。

この時点で原爆の使用に歯止めをしないと、今後は際限がなくなる。

ここできっちりと原爆に関する使用条件を明示することが、それを使用した者の責務であることぐらい、バークリーも十分に承知していた。

その上で、すでに原爆を保有しているソ連に対し、明確な使用基準を提示することで、不用意な使用拡大を阻止する手に出たのである。

この大統領演説は一部分、国連軍を代弁するという暴挙に近いものではあったが、世界を核戦争の泥沼に引きずり込まないためには、国連だろうが猫の手だろうが借りるという態度のほうが好感され、あまり問題にはならなかった。

それどころか、ラジオ演説から四時間後……。

現地時間の二一時に行なわれたソ連共産党書記長（スターリン）の談話発表において、ソ連は国連軍による新たな原爆使用を強く非難するものの、使用基準についてはおおむね同意するとの、まさに驚天動地に相応しい寛容な反応を示したのである。

ところで……。

些細なことだが、新たに使用された原爆は二発なのに、飛んできたB-36Dは三機だった。

となると、残る一機は何をしに来たのだろうという疑問が出てくる。

ひとつは、実際には不発の可能性も考えて三発用意してあったとする説だ。もうひとつは、残りの一機は観測機だったという判断である。

どちらも可能性があるため、一方に絞るのは難しい。

実際問題、米軍の機密解除が行なわれる数十年先にならなければ、本当のところはわからないだろう。

*

二二日朝――。

サンホ地区を守る日本軍のところへ、ようやくオーストラリア軍二個師団が到着した。

ところが豪州軍は、日本軍と合同して守備につく様子もなく、ただちに元山《ウォンサン》市街地および元山港を確保すべく進撃して行った。

「いやはや……ここのところのゴタゴタで、命令系統まで混乱するとは」

サンホ陣地の司令部から戻ってきた巻部司令官は、通りすぎていく豪州軍を茫然と見守る日本軍部隊員に対し、中隊長と大隊長に集まるよう大声で命令を下した。

作業の途中だった部隊も多いため、部隊指揮官が巻部のもとへ集まるまで、おおよそ一〇分ほどかかった。

しかし、巻部は遅れた彼らを咎《とが》める様子もなく、淡々と命令と状況を伝えはじめた。

「第一偵察大隊および日本海軍部隊の航空偵察により、一時間前の元山市街地に敵影なしとの報告を受けとった。

例の大規模投降があったせいで、元山北西部にいた敵本隊にも動揺が走り、市街地奪還どころではなくなったらしい。

まあ、これらは捕虜になった北朝鮮軍兵士たちの話を鵜呑みにした場合だから、話半分で聞いてくれればいい。

ただ、私の判断でも、このままではさらなる投降者が続出し、敵の軍団丸ごと崩壊する可能性まで出てきたと感じている。なぜなら、敵軍団をまとめる軍団長からして、投降を黙認した罪で処刑されてしまったらしいからだ。

こうなると、北朝鮮の政治将校だけで軍団を統率することなど不可能になる。となれば、選択肢はひとつだけ……北朝鮮軍総司令部から、強制的な咸興《ハムフン》への撤収命令を出すしかない。どうも、その命令が今朝早くに出たらしい。

これらの情報をもとに、我々と合流する予定で北上していた豪州軍二個師団は、敵が引き上げた元山市街地を無血状況で手に入れる好機ということで、このまま元山へ向かうことになった。

また、豪州軍の元山への早急な進撃の理由は、もうひとつある。

　これまで朝鮮半島の西側にあるソウルを守っていた、強力な機甲師団を伴う英陸軍部隊が、英海軍部隊の支援を受けて、明日、朝鮮半島を半周して元山湾へ到着する。

　事前の作戦計画では、英軍が元山沖へ到着した時、市街地に敵がいた場合は東側に広がる砂浜に上陸することになっていた。だが、その必要がなくなったため、元山港へ直接乗り込むことになったらしい。

　海上輸送部隊を護衛してきた英艦隊は以後、そっくり日本海軍と交代する。英艦隊には二隻の軽空母が随伴しているため、エセックス級を有する日本海軍ほどではないが、ある程度は航空支援も可能だ。

　これで日本海軍部隊は一度、日本本土へもどり、万全の態勢まで回復させることができる。それまでは半島東岸は英艦隊、西岸は合衆国艦隊が支援することになる。

　なお、我々にも新任務が与えられた。

　我々日本軍陸上部隊は、ようやく上陸作戦の全行程を終了したばかりだが、まだ朝鮮戦争は終わっていない。

　そこで英豪軍の元山入りを確認したのち、新たなる任務として、元山から新坪《シンピョン》、上院《サンウォン》を経て平壌へ至る、半島を西へ横断するルートを使っての全軍移動を命じられた。

　これは最終局面にある朝鮮戦争において、西岸で奮闘している合衆国軍とアジア諸国連合軍を直接支援するためだ。我々は合衆国軍と平壌で合流したのち、いよいよ北部の国境まで攻めのぼることになる。

　なお、平壌まで移動する途中で中国人民軍と遭遇する可能性もあるが、航空偵察および陸軍偵察部隊の強行偵察によると、移動ルート上にいる中国人民軍は、もはや組織だって行動できる状況にはないらしい。せっかくの貴重な装備を投げ捨ててまで、潮が引くように丹東方面をめざしているそうだ。

北京と天津という、中国共産党政府にとっての政治と軍事の中心を原爆で破壊され、一時的にせよ中央からの命令が途絶えてしまった。上意下達のみで成立している中国人民解放軍だけに、上からの命令が途絶えると何もできなくなる。

かといって、攻めてくる連合軍の攻撃にじっと耐え、その後の命令を待つほどの忍耐力もない。結果的に、末端の部隊から崩壊が始まったらしい。

すでに敵は烏合《うごう》の衆と化した。移動の途中、逃げ遅れた人民軍と遭遇するかもしれないが、その場合は、まず降伏および投降を呼びかけ、応じない場合のみ戦闘を行なうよう、上陸部隊司令部から命じられている。

いいな。無用な追撃や強襲はできるだけ避け、味方の損害を最小に抑える戦術に徹しろ。

人民軍が逃げているからといって安心するな。以前にも似たようなことがあったが、その後、人民軍はおおよそ倍の戦力でふたたび攻めてきた。

今回もそうなる可能性が残っている。用心には用心を重ね、あらゆる事態を想定して味方戦力を温存する。そして合衆国軍と無事に合流し、そののちは合衆国軍の指揮下に入る。

これが我々、在日米軍予備隊に命じられた今後の行動である」

巻部はわざと、日本軍ではなく在日米軍予備隊の名を使った。

米軍と合流したら、どのみち部隊の指揮権は失われる。それが予備隊本来の姿なのだから、これまでが独立部隊扱いとして自由裁量を黙認されていただけの話である。

だからこそ、初心に戻って自分たちの立場を再確認するため、あえて正式名称を使ったのだった。

3

二三日　北朝鮮

中国人民軍が本格的に本国へ撤収しはじめた。

昨日までは、注意深く観察していないとわからなかった。

だが今日の朝になると、北朝鮮との国境となる丹東の町へ続く唯一の鉄橋を、我も我もと他人を押しのけながら逃走する、人民軍兵士たちの姿が見られるようになった。

これまでは、丹東側にいる中国警備兵たちが、なんとか北朝鮮側へ追い返そうとする行動も見られた。だが今朝になると、そもそも警備兵たちの姿がなくなっていた。

中国人民派遣軍は、しょせん中国各地から拠出された寄せ集めの軍だ。そのため共産党中央からの命令が届かなくなると、各部隊は出身地の軍閥に連絡を取ろうとする。

こうなると、もう統率するのは無理だ。

おそらく旧満州地区から派遣されたであろう警備兵たちも、さっさと自分たちの所属する軍閥へ連絡を取り、そこからの命令を受けて移動したと思われる。

このままでは丹東にいても危ない。

そう思うのは当然である。

天津にあった朝鮮派遣人民軍の集合駐屯地が、原爆によって壊滅状況になった。

そのため天津より先の旧満州南部——朝鮮国境へは、望んでも増援部隊は来ない。

前回の原爆投下で、丹東に近い義州《イジュ》の集合駐屯地が壊滅した時のことを、人民軍の誰もが覚えている。

中国本土に原爆が落とされた以上、朝鮮半島への入口となる丹東は、次にもっとも狙われやすい場所に思えてくる。すぐ川向こうの義州に落とされているのだから、なおさら恐怖がつのる。

ただし合衆国大統領は、北朝鮮から中国領内へ撤収する人民軍については、これを追撃しないと明言した。

となると、追撃しないかわりに国境付近に原爆を落として再侵攻を防ぐ……連合軍がそう考えているかもしれないと勘繰るのは、専門家の軍人だけでないはずだ。

人民軍の大撤収は、これらの状況が複合的に重なった結果だと連合軍は分析した。

ところが……。

実際は、連合軍の分析をはるかに越える出来事が進行中だったのである。

北京に原爆が投下されて三時間後……。

ちょうど合衆国大統領の演説準備が整いはじめた頃。

中国北西部——成都にいる周恩来が、地元にある短波ラジオ放送局の電波を使い、中国全土へ向けてメッセージを送りはじめた。

その放送は中国国内向けだったが、かなり出力を上げていたため、日本の米軍通信基地でも十分に聞き取ることができ、ほとんどタイムラグが発生することなく、西側諸国へ情報が伝達された。

周恩来は告げた。

「本日ただいまより、重慶を含む四川地区一帯は四川民主共和国として独立する。この措置は、連合軍による北京への原爆投下の結果、毛沢東中国共産党国家主席以下、多数の党中央委員が死亡し、一時的にせよ共産党による国家運営が不可能になったためである。

　現在判明しているところ北京で存命中なのは、付近の人民軍基地を訪問中だった朱徳軍事副委員長のみということだ。その朱徳も、無傷ではないとの報告を受けている。

　おそらく北京は、朱徳の回復を待って共産党中央執行部を立て直すだろうが、それでは遅すぎる。すでに中国各地の地方政府では党中央が壊滅したと判断し、地域存続の観点から自治を執行する行動に出ている。

　これらの国家非常事態を受け、私は、中国の主権が曖昧な状況にあることは好ましくないと判断した。どこかで国家としての中国をまとめなければ、ごく近い将来、地方軍閥による勢力争いが勃発し、それは速やかに内乱へと発展するだろう。

　その時、北京の共産党中央執行部が内乱を平定できるとは思えない。すでに共産党単独では事態を押さえきれない状況に達していると私は判断した。

　そこで成都の地方政府幹部とも合議の上、中国各地の混乱がおさまるまでの当面のあいだ、四川地区の地方首都である成都を中国の首都と定め、全国規模の混乱の平定を目指す所存である。

　なお、設立される四川民主共和国は、当面のあいだ共産党を中心とするものの、他の政党と議会も容認することになった。

　これは中国という広大な土地をふたたび安定させるためには、思想信条よりも、優秀な人材と多角的な外交が可能な集団合議制国家を擁立すべきと結論したからである」

　いきなり共産中国が分裂した。

　いかに周恩来が言葉でごまかしても、四川民主共和国が、北京政府と共存共栄するタイプではないことくらい、中国人なら誰でも知っている。

そもそも成都は朱徳の地盤であり、そこが周恩来の統率で独立するとなれば、あきらかに朱徳に対する謀反となる。

となると、成都の共産党勢力は朱徳の手下なのだから、あえて彼らを登用するより、密かに反乱を目論んでいた他の政治主義者たちを取りこむほうが、かえって北京に対抗できる国に仕立てられる。

むろん北京にいる朱徳が、このような暴挙を許すはずがない。

また、周恩来による国家擁立が北京打倒のためという証拠は、もうひとつある。

それは周恩来の地盤である上海・杭州を中心とする地区が、周の独立宣言に呼応するようにして、東海民主共和国として独立すると宣言したからだ。

成都から重慶を経て上海に至る地域となれば、ほぼ中国本土のド真ん中を水平に横断する形となる。まさに国家分断の計である。

この二ヵ国が近い将来に合体するか、もしくは連邦制を採用するかして一体化すれば、中国本土は北と南に完全に分断され、大きく三つの地域で構成されるようになる。

その三つの地域がそれぞれ違う政体を持つ国家として独立すれば、これはまさしく現代の三国志の再現である。

おそらく周恩来は、無理に共産党一党独裁のまま中国を再結集させるより、いったん三国に分裂させて覇を競い、数十年かけてふたたび統一国家を完成させたほうが、将来的に見て中国のためになると考えたのだろう。

この想定が妄想でないことは、臨時首相に就任した上海市長の発表を見てもわかる。

本来であれば上海市長は、大統領とか総統・主席といった国家を代表する地位につくべきなのに、一段下がった首相に着任している。

これはどう考えても、成都にいる周恩来のことを意識した上であろう。

とりあえずは、成都と上海を中心とした別々の地方国家を立ちあげ、原爆の惨禍にあえぐ北京を牽制する。その上で、短期的に中国を三国に分割する。

これは周恩来が、すでに共産党単独支配の限界に気づき、共産党が生き残れるかたちで新たな国家支配体制を模索しはじめたからに違いない。そう考える頭の柔軟さは、周恩来がもっとも適していた。

反対にガチガチの共産主義者は、当然のように共産党一党独裁の維持を考えるはずだ。北京で唯一の権力者となった朱徳は、まず間違いなく北京政府は正当な唯一の政府であるとともに、引き続き中華人民共和国の首都だと言い張るだろう。

それを最優先で阻止しなければ、周恩来の野望は完成しないのである。

北京に立ち直る隙を与えてはならない……。

これが周恩来の本音であることは、中国の歴史を知る者なら誰でも気づく。

のちに新たな中国として統一する時、各地で指導者が乱立しては困るのだ。

周恩来こそが、毛沢東の跡を継ぐ中国王朝の正当継承者であるとともに、共産党独裁国家から進化した新たな国家の最高権力者であることを、この二つの国家の早急な独立宣言は物語っている。

これらの独立騒ぎが、ここ数日間の政治の底流となっていたとすれば、人民軍はたんに地元へ戻るだけでなく、国家分裂により所属する地域によっては敵対する可能性すらあったことになる。

となれば各軍閥は、ともかく自分の手元へ戦力を確保しようと、あれやこれやと画策したに違いない。それが人民軍の急速な撤収につながったのである。

＊

世界のパワーバランスは、きわめて微妙な力関係の上に成り立っている。それを思わせるような出来事が、二三日になって続々と起こりはじめた。成都と上海の独立は、その皮切りにすぎなかったのだ。

中国福建省の厦門《アモイ》沖にある金門島……。

ここは台湾へ逃れた中華民国政府が支配する、中国本土にもっとも近い土地である。

中国共産党による中華人民共和国の擁立とともに、ここは双方の軍部により激しい砲撃戦が行なわれてきた内戦の地でもある。

その金門島へ二ヵ月ほど前から、さらなる多数の重砲が運び込まれ、いまではすっかり重要塞化している。

その要塞島へ、二一日を境として密かに中華民国陸軍部隊が移動しはじめた。

そして二三日の夜……。

「対岸の監視哨に気づかれるな。こっちの動きがバレると撃ってくるぞ」

縦横無尽に掘られた塹壕地帯の中。

あちこちに設置された一二センチ加農砲の砲弾を、三人がかりで運ぶ兵士たちがいる。

砲弾には信管が取りつけられていて、いつでも撃てる状態だ。すなわち、これは演習ではない。

「班長、自分たちは砲撃支援だけなんですか」

まだ若い兵士が迷彩服についた泥を叩き落としながら、軍曹らしき男に質問した。

「対岸の厦門島への侵攻は、第一次上陸部隊の担当になっている。連中が海軍の小型船舶に分乗して上陸を成功させ、橋頭堡を築くまでのあいだ、俺たちは撃って撃って撃ちまくることになっている。

「うまくいけば明日の昼頃には、厦門島の東岸一帯を制圧できるだろう。そうなれば、今度は海軍部隊が厦門湾に強行突入し、厦門市街に対して砲撃を実施する。同時に金門島から空軍部隊が出撃し、厦門島の未制圧地域に対して銃爆撃を実施する。

これらはすべて奇襲だ。もし奇襲に失敗したら、ここ金門島にいる一二万もの上陸部隊は大被害を受けるだろう。そうなれば、中国本土奪還など夢に終わる。

もう俺たちは、後戻りできない。いまも台湾本土からは、第二陣となる八万の兵力が民間船に分乗してこちらへ向かっている。

海軍が出してくれたコルベットと沿岸警備艇、米国から供与された数隻の駆逐艦、そして多数の魚雷艇と砲撃ボートも、金門島の台湾側にある湾へ集結済みだ。あと二時間後、すべてが始まる……」

中華民国による、中国本土逆上陸作戦。

国連軍とはまったく関係のない、これは純然たる中国内戦である。

それが、この混乱した時期に実行に移されるであろうことを、台湾に移住している中国国民党政府の者たち以外、誰もが失念していた。

中華民国は台湾を第二の故郷とし、国連常任理事国として引き続き唯一の中国の主権保持者であると主張し続ける……そう世界の首脳は考えていたのである。

だが大陸反攻は、いまも中華民国の国是だ。だから、チャンスさえあれば必ず実行する。

あまりにも朝鮮半島での劇的な変化と、相次ぐ原子爆弾の使用が、本来であれば当然考慮に入れなければならないこと……国連安保理常任理事国である中華民国の、中国本土奪還への執念を忘れさせたのだ。

むろん蔣介石総統は、虎視眈々とチャンスを狙っていた。

そして北京が破壊され、上海と成都が独立宣言した瞬間、諦めかけていた絶好の機会が訪れたのである。

目指すは、周恩来の建国騒ぎによって分断された、中国本土の南側部分。

厦門から広州方面、さらには香港からベトナム国境、そこから北へ向かえば昆明から貴陽まで、そこから東に転じると長沙から南昌を経て福州に至る地区が、そっくり中華民国のために残されている。

周恩来も中国分断策を実施した以上、南部分を中華民国が狙うことは想定内だろう。

そうでなければ、広州にある地方政府を取りこむための政治工作を行なったはずだ。

しかし、そのような傾向は見られなかったし、そこまで欲張れば、事前に毛沢東に感づかれていた可能性が高い。

つまり周恩来は、南側を最初から捨てるつもりで独立騒ぎを起こしたのである。

むろん広州などには地方軍閥が居座っているが、ここのところの中国共産党による朝鮮派遣軍への供出により、戦いに長《た》けた者ほど目減りしている。実質的な戦闘要員は、かなり減っているはずだ。

そこに本土奪還の執念に燃えた中華民国正規軍が殺到すれば、もはや抵抗するのは身の破滅と、率先して指揮下に入る可能性のほうが高い……。

周恩来と蔣介石で中国の三分の二を制圧する。

こうなれば、いくら朱徳が軍事的な圧力を高めても、戦力的に他の二国の合計を上回るのは難しくなる。いわゆる三すくみの状況である。

おそらく周恩来も、これを予期して中国本土三分割を画策したのだろう。

恐ろしいまでの先見の明であった。

＊

中国国民党軍による中国本土奪還作戦は、まず厦門市にある厦門島へ上陸し、これを完全制圧することから始まった。

同時に、海軍部隊を厦門島と厦門市街のあいだにある港へ入れ、艦砲による市街地砲撃が実施された。

むろん中国人民軍も、それなりの応戦態勢を敷いていた。

だが、福建省を統括する人民解放軍が、すでに半数近くの兵員を朝鮮派遣部隊に取られていたせいで、留守部隊だけで応戦するには、周辺部からの部隊の集結が不可欠となった。

つまり福建地区の中国人民軍は、初動態勢の構築に致命的な遅れを来したことになる。

ようやく人民軍の本格的な厦門包囲網が完成した頃には、厦門市街地周辺部には二〇万近くの中国国民党軍が上陸を果たしていて、一部の軽装甲部隊は包囲している人民軍に対し、包囲突破の一撃を仕掛けはじめていた。

ここで重要なのは、兵力の総数は国民党側が少ないものの、装備の充実度は圧倒的に国民党側が優れていることだ。

だてに国連安保理常任理事国を任じられているわけではない。

それは西側各国のアジア担当者を意味しているわけで、それに見あう軍事力を保有しているという大前提があるからだ。

それらの軍事力は、嫌でも西側が用意しなければば国連安保理の存在価値を保つことはできない。

そして第二次大戦後は、その通りに推移していた。

二四日未明……。

福建省のとなりに新たにできた東海民主共和国が、中国国民党政府の福建省上陸に関し、独立国家として局外中立を厳守する旨の発表を行なった。

そして、これまた呼応するかのように、四川民主共和国もまた中立宣言を発した。

これは事実上の内戦に対する不戦宣言である。独立したての国家のため、いまは内政に集中すべきであり、あえて対外的な対決姿勢を示す必要はない。

むろん独立するもととなった中華人民共和国だけは別で、これには徹底して抵抗しなければならないが、敵の敵は味方の論理から、中華民国は敵と見なさない……そう発表したことになる。

中国本土全域が中華民国の領土であると主張する国民党政府は当然、この発表を無視し、福建省制圧の次は上海制圧を目指すと息巻いた。

だが、台湾の台北にある国連安保理連絡部から緊急の伝達があり、暫定かつ非公式ながら、東海民主共和国と四川民主共和国の二国を、合衆国政府が民主主義国家として承認する準備に入っていると伝えられた。

事実上、周恩来の息がかかっている二つの新たな国家は、いかなる根回しが行なわれたか知らないが、結果的に合衆国の後ろ盾を得たことになる。

これを無視して中華民国が攻撃を仕掛けたら、下手すると国連安保理事会で総スカンを食らう恐れすらある。

ともかく中国共産党から中国本土を取りもどしたい一心の国民党政府は、合衆国が承認予定の二国については現時点での暫定国境の外へ出ず、国軍も中華民国軍に敵対しない限り、局外中立を例外的に認めると発表するしかなかった。

4

二七日　北朝鮮

元山地区をオーストラリア軍に託した日本軍部隊は、先頭に移動力のある機動部隊を集中し、ともかく一日でも早く平壌へ到達できるよう苦心していた。

なぜ先を急いでいるのかといえば、平壌東部で孤立しながらも奮戦を続けている、米第七海兵旅団第三連隊の阻止陣地があるからだ。

陣地の東側にいる人民軍をすべて蹴散らしつつ陣地に突入、そこで合流して一気に平壌制圧を目指すことになっている。

ところが……。

西へ向かう街道を進撃しはじめると、すぐに事態が容易ではないことがわかってきた。

行く先々の町で、原爆病が悪化したり負傷したりして動けなくなった、膨大な数の中国人民兵を発見したのだ。

付近の朝鮮住民は、中国人民軍がこれまで無法の限りを尽くしてきたのを知っているせいで、誰も助けようとしない。

自業自得とはいえ、日本軍の先遣部隊が到着する前に、身ぐるみ剥がれた死体が無数にあったことは、恒常的に死体からの強奪が横行していることを意味している。

これは日本軍も他人事《ひとごと》ではない。

もし自分たちが負傷でもして孤立すれば、たちまち住民たちは盗賊と化し、着衣や持ち物だけでなく命まで取られるからだ。

必然的に、先遣部隊として先頭に立った第一師団第一偵察大隊の機動偵察中隊は、行く先々で死体や負傷兵を見つけるたびに停止し、周辺の警戒を密にしつつ、あとからやってくる歩兵部隊へ受け渡すかたちで、応急措置を施している。

これは先を急ぐ部隊としては下策の最たるものだ。

先頭にいるはずの偵察大隊が足止めを食らってしまったため、街道を最速で突っ走っているのは、独立第一戦車連隊の第一中戦車大隊と、第一師団第一機動連隊のみとなってしまったからだ。

わずか三五〇〇名。

中戦車三二輌／軽戦車一六輌／装甲車一四輌／兵員トラック五六輌／ジープ二五輌／軍用バイク一二輌の、全機動化された少数部隊が、無数の傷ついた人民軍の群れの中へ、鋭い槍を突き刺すような形で喰いこんでいく。

そのすぐ後を偵察大隊が追いかけ、死体や負傷兵へ応急処置を施すと進撃を再開する。

それから数時間後、ようやく主力部隊となる歩兵師団がやってきて、本格的な埋葬処置や救援活動、後方への移送を開始するのである。

「第七海兵旅団の陣地部隊は、まだ大丈夫なんでしょうね？」

先頭を行く第一中戦車大隊と第一機動連隊は、あまり偵察大隊と離れると不意打ちを食らう可能性が出てくるため、わざと速度を二〇キロまで落としながら進撃している。

その中の指揮戦車の上から、一本松辰巳中戦車大隊長（特任少佐）が半身を乗り出し、横を走っているM20指揮装甲車に乗る第一機動連隊長の東雲勝寅中佐に声をかけた。

「今朝の報告では、まだ大丈夫とのことだったが……。なにせ人民軍が同士打ちしているせいで、陣地周辺は阿鼻叫喚《あびきょうかん》の嵐らしい。

しかも同士打ちといっても、平壌方面にいる人民軍は完全武装の正規兵部隊なのに、こっちのほうから陣地に殺到している人民軍は、例の人海戦術用部隊のため、ほとんど武装していない。

だから平壌側が圧倒的に強いものの、数が違いすぎる。平壌方面の敵は一個大隊規模なのに対し、東からくる集団は三万とも五万とも言われている。

もともと元山平野南部にいた三〇万以上の部隊のなれの果てだから、実際どれくらいが陣地までたどり着いているか、誰にもわからんそうだ」

二人が話しているうちに、また一段と部隊の速度が落ちた。

いまは、おおよそ時速一〇キロ程度だろう。ここまで速度を落とすと、かえって燃費が悪くなる。

苦い表情を浮かべた東雲は、戦車の砲塔を見上げるようにして声をかけた。

「まいったな……いま第一偵察大隊から連絡が入った。六キロ後方で、負傷した人民兵の捕虜の手当していたところ、付近の山から地元の住民らしき者たちが大勢出てきて、口々に薬をくれとか手当してくれと懇願しはじめたらしい。

いったいどれくらいの人数が集まってきているかわからんから、いい加減な指示は出せない。

しかたがないので、これから俺の直属小隊を引き連れて戻ってみる。この装甲車と軽戦車、それに機関銃搭載のジープしかいないが、まあなんとかなるだろう。

そこですまんが、中戦車大隊はこれより一キロの範囲内で展開しつつ、周辺警戒態勢を維持してほしい。

さすがに戦車大隊だけで先に行かせるわけにはいかん。もちろん、俺がもどるか偵察大隊が追いついてくれれば、護衛可能ということで進撃を再開させる。

もし俺がいなくとも、後方できちんと命令を伝達しておくから安心してくれ。

ともかく、あと二六八キロの道のりだ。すんなり行けば八時間ほどで到着できるはずだが、現状では明日夕刻に到着できればいいほうだろう。

ともかく、お互いやれることをやろう。米海兵さんたちをあまり待たせちゃ悪いから、通信連絡だけは密に行なっている。だから先方も、あとどれくらいで到着するかわかるはずだ」

東雲と一本松の任務は、下手をするとこれまでの朝鮮戦争において、もっとも過酷な任務となるかもしれない。

なにしろ、米海兵隊が守る阻止陣地より東側の全人民軍を、日本軍の手で無力化しなければならないのだ。

たとえ原爆の被害と負傷、飢餓、装備皆無であろうと、そこに万単位の人間が存在するだけで軍の侵攻の大きな障害になる。


なのに日本軍は、救援の手すら差し伸べている。

自軍の一〇倍以上にもなる兵員を救済するなど、普通に考えれば無理だ。その無理を承知で、いま日本軍は全力で対応しつつある。

ともかく死体は一時的に道路の脇へ退かし、後続の歩兵部隊が到着したら、周辺の土地を掘って埋葬する。手間はかかるが、死体なら一時的な問題にしかならない。

大問題なのは、傷病兵と投降兵である。

大半が行き倒れ状態のため、その場を動かすだけでも大変だ。

乱暴に扱うとあっけなく死んでしまう。

発見した時に生存を確認した者はその後、衛生兵もしくは軍医による死亡確認もしくは治療方針が決まらない限り、その場を動かせない。

なんとか一人一人の首に処置分類用のタグを取りつけると、ようやく輸送することができる。

とりあえずは二〇輛ほどのトラックを用いて、片っぱしから元山市街地に設置されたオーストラリア軍前線司令部の近くへピストン輸送する。

その後は先方の前線司令部に任せることになるが、基本的には通川方面へ輸送するため、日本軍の第二師団／第三師団／第五師団という、じつに三個師団四万名近くが輸送用兵員として戦力を割かれることになった。

元山には上陸した英国軍と北上してきた豪州軍部隊がいるものの、彼らは北朝鮮軍の本拠地である咸興を制圧するため、いま現在も元山北西部方向へ進撃中だ。

そのため司令部機能の一部を使う以外、日本軍の手伝いをする余裕はない。

「前方三〇〇メートル付近、迫撃砲発射炎！」

街道が左へ三〇度ほど折れ曲がっている場所の正面。ちょうど山の斜面が街道へ降りる部分あたりから、一発の迫撃砲弾が発射された。

——ドッ！

一本松の乗る指揮戦車の右前方三〇メートルほどに着弾する。

「またかよ……。しかたがない、前列四輛、敵迫撃砲を潰せ！」

一本松の声には、うんざりした感触が込められている。

いまの攻撃は、中国人民軍が待ち伏せしていたわけではない。

逃げ遅れたか負傷した数名の兵士が装備もろとも放棄された結果、日本軍の戦車の接近を見て恐怖にかられ、ろくに狙いもつけずに迫撃砲を撃った……。

これまで何度も似たような状況があった。

攻撃してきた兵器は、もっとも多かったのが小銃なのは当然だが、時には軽機関銃のこともあった。一度などは、わずか一〇メートルしか離れていない道路脇の窪みに、三名の人民兵が隠れていて、そこから手榴弾を投げてきた。

いずれの場合も残弾がきわめて少ないため、すぐ制圧された。

抵抗しないで白旗を上げれば捕虜として扱うというのに、これまで嫌というほど日本軍の恐ろしさを叩き込まれてきた中国人民軍兵士たちは、捕まれば世にも恐ろしい拷問を受けて殺されると、心の底から信じていたのである。

「敵迫撃砲、破壊した模様。応戦、ありません」

指揮戦車の砲手を務める二等軍曹が、射撃用窓から見える光景を報告してきた。

「このまま待つ。後方より偵察大隊もしくは機動連隊長が来るまで、動かず警戒しろとの命令だ。ただ……相手が撃ってきたら、ただちに応戦しろ。いちいち俺に確認せんでいい」

これが、バズーカ砲やRPG‐2などの歩兵装備、もしくは対戦車砲などを持つ敵部隊だったら、これほど悠長なことは言っていられないはずだ。

先ほどの迫撃砲弾でも砲塔上部に垂直落下してきたら、下手をすると装甲を破られる。まぐれ当たりの可能性は常にある。

唯一の安心材料は、相手が人海戦術用の部隊のため、ほとんどまともな装備を持っていないということぐらい……。

神経がささくれだつような嫌な感触の時間が過ぎていく。

おおよそ三〇分後。

ようやく東雲連隊長が戻ってきたことで、ふたたび日本軍は進撃を再開することができた。

＊

ほぼ同時刻、ニューヨーク。

多忙を極める国連安保理の連絡部門に、中華民国の国連代表が姿を現わした。

中華民国は常任理事国のため、来訪自体はあたり前なのだが、今日は何人かの同伴者を連れての登場ということで、数名の記者の興味を引いたらしい。

同伴していた一人は合衆国国連大使であり、秘書官や事務官など数名を引き連れていた。そして、その中の一人に見慣れぬ東洋人がいた。

彼は日本人で、名前を池田勇人という。

いわずと知れた日本の政治家であり、吉田首相が手塩にかけて育てている若手の一人である。

それらの集団は、前もって下準備ができていたのか、安保理会議室近くにある実務者会議用の部屋へ入った。

全員が狭い会議室の椅子に着席すると、まず中華民国国連大使が口火を切った。

「皆様、お忙しいなかをお越しいただき、誠にありがとうございます。あまり時間もないことですし、まず蔣介石総統のメッセージをお伝えします」

大使は口頭で伝える素振りを見せたが、実際には同じ内容の英語と日本語に翻訳された書類が先に配られ、大使は英語でその文面を読んだにすぎない。

文書には、次のようなことが書かれていた。

『このたび中華民国は、積年の宿願であった大陸反攻を実行に移した。北京を策源地として不当に中国本土を奪取していた共産党政府が、連合軍の原爆使用により瓦解したことが作戦実施の直接的な原因となったのは言うまでもない。

ただ原爆投下のすぐ後に、四川民主共和国および東海民主共和国の独立宣言、そして両国による中国内戦への局外中立宣言は、中国本土における唯一の正当主権者である中華民国政府にとっても予想外のことだった。

その後に行なわれた中華民国政府による独自調査の結果、四川民主共和国および東海民主共和国は、建国の精神的指導者として周恩来氏を掲げるものの、政治形態としては一部、資本主義を導入する集団社会主義を採用するとなっている。

我が中華民国は、蔣介石総統のもとで議会制民主主義を実施している。そのため集団社会主義は馴染まぬ政治形態であるが、土地建物などの不動産や民間企業の設置など、社会資本を運用する面において資本主義の導入を図る予定となっていることは、従来のソ連型共産主義から大きく進歩したと評価している。

そこで我が中華民国軍による大陸反攻は、これら新興二ヵ国の主張する領土地域には実施せず、あくまで中華人民共和国を標榜する武装集団の支配していた領域に限ることを、ここに正式に宣言する。

ただしこれは、我が国が中国本土の一部地域に対し二国の領土主権を認めたものではなく、たんに内戦下における一時的な委託を容認したにすぎない。よって抜本的な領土問題については、内乱終結後にあらためて二国間協議において領土の決定を行なう所存である。

大陸反攻の実際については、現在は厦門から広州にかけての海岸線一帯の制圧を完了し、引き続き内陸部の奪還作戦を実施している。

ただし現時点において、新興二ヵ国の主張している領有地より以北の地域については、二国の局外中立宣言により、軍組織を派遣する方法に難ありとして実施していない。

当然、新興二ヵ国が我が軍の域内通過を認めれば、明日にでも北京を含む北部侵攻を開始することが可能だ。

大陸反攻に投入される中華民国軍は、総数六〇万に達する。しかし時と場合によっては、中国本土を根城としている地方軍閥に圧《お》される場面も出てくるかもしれない。

そこで中華民国政府は合衆国政府へ、国連安保理を通すことなく、即時の軍事支援の実施をお願いする。これは二国間交渉であり、他国の干渉を排除するものである。

また、いずれ安保理において中国大陸の主権問題が必発するのは確実なため、合衆国主導による中華民国の中国主権支持をあらためて確認したい。

もし中華民国が大陸の支配権をある程度確保できた場合、現在、法的には無帰属地となっている台湾島の扱いにおいて、将来的には独立もしくは日本への返還を考慮している。その事前確認と国内対策のため、日本政府特使にも来てもらった。

ただし、もし日本へ台湾島を返還する場合、日本が国家として独立した後とし、さらには日本と中華民国のあいだで、日中平和条約および日米中安全保障条約の締結を大前提とする。

当然、その時点で中華民国が中国大陸の一定地域を恒久的に支配し、なおかつ国連において、中国本土の主権保持者として引き続き承認されていることが大前提である。

当然ながら、中国本土で独立宣言をした他の地域国家、および中華人民共和国の残存区域に対しては、いかなる国家認定も行なわず、各種条約も結ばないことが条件となる。

ただし、新興二ヵ国および新たな国家擁立がなされた場合、それらの新興国家と中華民国が連邦制を採用し、ゆるやかな国家連邦を形成する可能性は十分にある。その場合は、あらためて国家連邦としての承認を国連において申請するため、合衆国においては速やかなる承認を願いたい』

内容はおおむねそうなっていた。

これは合衆国にとっても驚天動地の提案だった。まだ独立すらしていない日本にとっては、青天の霹靂《へきれき》に近い。

とくに日本は、諦めていた台湾の返還が現実としてありうることを目の当たりにし、特使となった池田勇人は、あまりのことに絶句したままだった。

その点、戦勝国の中心でもある合衆国の大使は、すぐに我に返った。

「中華民国による大陸反攻は、あくまで中国国内の内政問題のため、他国が干渉すべきではないとの大原則を合衆国も支持している。私は国連大使にすぎないが、中国問題においては合衆国政府より一定の権限を預かっている。

その権限の中に、国連安保理の賛成多数という条件付きだが、間接的な軍事支援の可能性も含まれている。ただし、あくまで内政問題のため、軍部隊の直接派遣といった朝鮮戦争に準ずるような直接的な軍事支援はできない。

つまり、朝鮮戦争におけるソ連軍事顧問団レベルの介入が、おそらく最大限の支援となるだろう。それ以外は装備や軍事物資の供与など、基本的に後方支援のかたちを取ることになる」

合衆国国連大使の返答を聞いて、中華民国国連大使の表情が一気になごんだ。どうやら想定していた返事をもらえたようで、ようやく緊張が解けたのだろう。

これに対して、いまだに顔を真っ青にしたままの池田が、歯ぎしりしそうな感じで口を開いた。

「……申しわけありませんが、日本特使としての私の権限では、あまりにも事が重大すぎて独断では決められません。できるだけ早い時期に、GHQを通して日本政府の判断をお伝えすることになると思います」

この返答は、国際外交の担当者としてはまったくの敗北宣言である。

自分は何もできない……。

その口惜しさが滲《にじ》んだような発言だった。

見かねた合衆国大使が助け船を出した。

「日本については、まだ連合軍による占領下という特殊事情があるため、独自判断できる範囲がきわめて小さい。

また、台湾が日本へ返還されるとなると、日本との間にある沖縄諸島が、現時点において米軍占領下にあることが問題になる。

合衆国政府は日本の独立に伴う沖縄返還は、合衆国および連合軍の世界的な戦略の観点から難があると見ている。

おそらく日本が独立しても、当面は合衆国軍の極東地域安定のキーストーンとして、沖縄地区を合衆国統治領とするプランが実行されるだろう。

となると台湾が日本に返還されても、米領沖縄を隔てた飛び地となり、さまざまな問題が噴出する。これらを日本独立時に解決するには、台湾への米軍基地の一部移転を含め、沖縄と台湾を一括して扱う特別法が合衆国に必要となるだろう」

これまた、大胆かつ将来の極東情勢の根幹にも関わる重大発言である。

合衆国国連大使の言葉が事実であるとすれば、日本へ台湾を返還するにしても、各種トラブルを未然に防止するため、いちど沖縄と同じく米国領へ編入し、合衆国政府の介在を伴って日本へ返還することになる。

これは合衆国がずっと先の未来まで、極東地区に対する直接的な権限行使を行なう意志を持つことを明言したと受けとることもできる。つまり、パックス・アメリカーナ宣言である。

ますます安易に結論を出してはならないと、池田の顔色が物語っていた。

「合衆国および日本政府のお考え、しっかり拝受いたしました。もとより我が中華民国政府も、今回の会談ですべての決着をみるなど夢にも思っておりません。

第一、まだ大陸反攻は始まったばかりですし、最低でも中国本土の三分の一を実行支配しなければ、とても主権保持者として名乗れません。

そこで皆様には、この会談を皮切りとして、日本が独立を果たすその日まで末永くおつき合い願いたいと思っております。

その間、万が一にも大陸反攻が失敗に終わり、我が国が消滅する可能性もあります。その場合、今日お伝えしたことは、すべて絵に描いた餅となるでしょう。そうしないための予防策として、この場を活用していただきたく思っております」

大陸反攻を始めた時期に、あえてこの会談を持ちかけてきた真の意味が、最後になってようやく語られた。

蔣介石総統はいま、イチかバチかの大勝負に出ている。負ければ祖国消滅という、最大限のリスクを背負っての出陣である。

そこに合衆国の後ろ盾と、将来的な日本の直接支援まで願うのは、国家指導者として当然すぎる行動だろう。

なにかと問題の多い蔣介石総統だが、やはり中国人の性質である用意周到、準備万端、虚々実々、実利優先だけは万国に通用する実力を備えているらしい。

それにしても……。

よくまあ蔣介石が、台湾を手放す気になったものだ。中華民国からすれば、まさに『背水の陣』で大陸反攻を実施したことになる。

いかに台湾内で、本省人と内省人との間で強い軋轢《あつれき》が生じているとはいえ、いらなくなったわけではないはずだ。

このあたりになると、本当に憶測の領域に入ってしまうが、もしかすると朝鮮半島における日本軍の活躍が、すでに蔣介石の中では『新たなる極東の脅威』として映っているのかもしれない。

中国共産党政府が瓦解した現在、極東における唯一の超大国はソビエト連邦となる。

そして、極東地域でソ連の専横を許さないために合衆国が日本と沖縄を占領し、軍事バランスを保つための大軍を張りつけている。

その流れの一環として朝鮮戦争が勃発したのだから、朝鮮戦争が終了したのち、新たな地域紛争として中国内戦が問題視されれば、中華民国としては極東地区の戦力バランスについて、きわめてシビアな判断を迫られることになる。

独立後の日本には、以前にくらべると小さいものの、かなり強力な軍が付随することが確定的となってきた。その実力は、すでに朝鮮戦争で発揮されつつある。

対する中華民国は、現在ですら大陸反攻により軍事力の目減りが懸念されている。

うまい具合に反攻が成功しても、中国本土では三大勢力のひとつに過ぎず、引き続き強大な軍事力の維持が不可欠となる。

つまり中華民国としては、ソ連に対する合衆国の抑止力同様に、中国本土の他国に対する軍事的な抑止力として、新しくなった日本軍をアテにしていることになる。

日本が海のむこうの台湾から、後詰めの味方として牽制してくれれば、米軍による抑止力も合わさり、中国大陸においてはかなり優勢に事を運ぶことが可能だ。

最悪なのは、周恩来と北京の朱徳が手を結び、中華民国を陵駕する国家に成長することだ。そうなれば日本も、より強大な中国地域国家を無視できなくなり、そのぶん中華民国に対する後押しも弱まる。

だが、おそらく周恩来の裏切りを朱徳は許さないだろう。当然、二国協調の可能性も薄くなる。

かといって周恩来が、一気に社会主義と手を切って蔣介石の軍門に降《くだ》ることも考えがたい。

となれば当面は、三国並立状態が続く可能性が高い。

そこで優位に立つには、極東地域および世界全体において周辺各国の支持を多く得るしかない。

それには世界の覇者たる合衆国と、これから極東の要《かなめ》となる日本の支持をなんとしても得なければならない……。

蔣介石が送ってきたメッセージには、裏にこれだけの願いが込められている。

そう勘繰って当然の状況だった。

会議の最後になって、合衆国国連大使がふたたび口を開いた。

「今回の会談では何も決まらなかったが、それはよしとしましょう。少なくとも今後の連絡を継続する意味で、中華民国と合衆国、そしてＧＨＱのあいだに台湾沖縄関連対策室を常設する必要性があると思います。

日本政府については、この対策室を通じて協議すれば、ＧＨＱとのすりあわせも自動的に可能になるため手間が省ける。どうです、池田さん。この線で日本政府にかけあってもらえないでしょうか」

丁寧なお願いのように聞こえるが、これは命令そのものだ。

台湾沖縄関連対策室という名称まで出た以上、

すでに中華民国と合衆国政府の間では、ある程度のことが決まっているに違いない。

今回の会談は、それらを非公式協議から国家間の秘密協議に格上げするためのものであり、池田はその証人のため駆り出されたにすぎなかったのである。

日本の悲哀は、秘密協議が正式な国家間交渉に格上げされる日本独立の日まで続く。

独立さえすれば……。

池田の険しい表情は、日本国内における党利党略を越え、真に日本国の前途を鑑みることがいまは重要であり、時には忍従も必要……そう考えた結果の悲哀であり、覚悟であった。

第4章　変わりゆく世界

1

一九五一年七月一日　中国・旧満州地区

中国共産党政府が、中国東北部と名づけた地域——旧満州地区の北東部にある虎林。

そこは哈爾浜《ハルビン》から約六〇〇キロ東にある、ロシア沿海州地区に近い町である。

ちょうどウラジオストクから北へ行ったところにあるハンガ湖に近く、その北西に位置するソ連領のダリネレチェンスクまでは、おおよそ五〇キロほどの距離となる。

七月一日の朝——。

ダリネレチェンスクからわずかしか離れていない虎林の町に、突如として異変が生じた。

ソ連領から虎林の町並みが見えるところまでは、ひたすら平地が広がっている。

さえぎるものは何もない。

そのほぼ一直線に延びた街道を、土埃をあげながら無数の機動車輛が驀進《ばくしん》してきたのである。

最初に発見したのは、虎林の東の外れにある中国共産党政局支部の職員だった。

初夏の早い朝とはいえ、まだ午前五時になったばかりのため、東から射す陽光はほどよい暖かみを注ぐだけで、焼けつくような内陸部の暑さは感じられない。

その陽光が、高く立ちのぼった土埃によってオレンジ色に染まり、やがて無数の軍用車輌、とくに履帯が地面に食い込む騒々しい音の大合唱が聞こえてきた。

「あれは、あの時の……」

見えてきたものに対する職員の第一声は、いささか迷惑そうな雰囲気が込められたものだった。

彼は第二次大戦中、旧満州の佳木斯《チャムス》に住んでいて、当時は郵便局の局員だった。

そして日本が第二次世界大戦に負けつつあった八月九日の朝、まったく同じ光景を佳木斯の郊外で目撃した。

そう……。

ソ連軍による満州侵攻である。

彼の住む町を襲ったソ連軍は第一極東正面軍。これを迎え撃ったのは、大日本帝国陸軍の第一方面軍だった。

帝国陸軍は、それまで豪語していた鉄壁の守りもどこへやら、ほとんど町を守ることもなく後退し、南にある牡丹江《ムータンチャン》に防衛線を敷いたものの、一二日には脆《もろ》くも崩されてしまった。

あの時の光景を思いだし、職員は苦い顔になったのである。

だが、満州を解放したソ連軍は、その後にすべてを中国共産党政府へ譲り渡し、ふたたび沿海州とシベリアのソ連領へ戻っていった。

それがいま、またしてもあの時のような怒濤の大軍を連ねて中国領へ入ってきたのだ。

職員は思った。

おそらく……朝鮮半島や中国本土の危機を前にして、ついにソ連軍が本格的に動いてくれたのだと。

ならば、いま目にしている大軍は間違いなく『友軍』である。そこまで考えた職員は、このままだと交通事故が必発することに気づいた。

農民たちの朝は早い。畑に出るため、そろそろ道を移動しはじめる頃だ。

何もしなければ、軒並み戦闘車輛によってひき殺されるか、もしくはソ連軍の進行を阻害することになる。

慌てた職員は政局支部の建物に飛びこむと、哈爾浜にある地方本部へ電話を入れた。

何度か呼び出した末に、当直らしい者が電話に出た。そして答えた。

『夢でも見てるんじゃないのか？　黒竜江の地方政府から、そのような話は一切なかったぞ』

そこで職員は、ようやく理解した。

ソ連軍の侵攻は中国共産党政府どころか、地方政府すら関知していないことを。

これは完全な無許可で行なわれている他国による侵略であった。

＊

「もしもし！　おい、通じているんだろう？　誰か電話に出ろ!!」

午前五時二二分……。

哈爾浜にある中国共産党哈爾浜支局に、北部の黒竜江方面からソ連軍の大部隊が南下中との報告が、ようやく届いた。

そこで共産党哈爾浜支局長は、ただちに周辺各地へ電話を入れ、このソ連軍の侵攻が中国東北部全域に及んでいることを確認し、ついにソ連による中国侵略であるとの結論に達した。

国土が隣国の軍隊により蹂躙《じゅうりん》されている。

これを知った共産党地方幹部は、ただちに上層部へ連絡を入れ、今後の地方支部の対応について指示を受けねばならない。

そこで支局長は、直属の上層部である長春の共産党地方政府へ電話を入れ、哈爾浜が可能な対応について指示願いを出した。

ところが……。

長春の地方政府は北京との連絡が取れないことを理由に、電話を保留のまま放置してしまったのである。

上意下達が至上命令となる中華人民共和国においては、他国による侵略といった国家規模の重大事は、すべて北京の党中央で判断することになっていた。

そのためすべての情報が北京へ集約され、毛沢東を中心とする執行部の判断で国家の方針が決まることになる。

だが、現在の北京は原爆投下のせいで党中央が壊滅状況であり、なんとか朱徳が北京周辺の中国人民解放軍を取りまとめて防衛にあたらせているものの、とても旧満州地区にまで国家規模の命令を出せる状況にはない。

また、無理して朱徳が命令を出しても、おそらく周恩来がそれを取り消す新たな命令を出す可能性はきわめて高い。

まだ北京に忠誠を誓っている共産党地方政府から見ると朱徳は軍事副委員長であり、周恩来は共産党副主席のままだ。となると党内の地位的には周恩来のほうが上となり、朱徳の命令を取り消す権限を持っていると判断されるだろう。

これを阻止するためには周恩来の副主席を解任しなければならないが、それには毛沢東主席の承認が不可欠だ。

その毛沢東の死亡確認ができていない以上、主席の座は空白となる。よって周恩来の地位は以前のまま……すべてが朱徳にとって不利な状況なのだ。

周恩来からすれば、いま北京勢力に中国東北部を統率されては困るわけで、ならば片っぱしから逆の命令を出して混乱させれば、それだけ北京の権勢は地に落ちることになる。

つまり中国東北部は、いきなり主なき国家のいち地方の立場に追い込まれてしまったのである。

「支局長！　哈爾浜を守る大慶および綏化《すいか》の人民解放軍司令部から、たったいま返答が届きました。我々人民解放軍は、接近しつつあるソ連軍を敵と断定できない。

援軍や地域安定を目的とした警察軍の可能性もあるため、中国東北部に所属する全人民解放軍司令部は、基地から外へ出ずに様子を見守ることで意見の一致をみた。

よって共産党地方政府も、ソ連の真意が判明するまで、一切の抵抗をせずに見守るよう進言する。願わくは地方政府からソ連軍へ友好的な接触を試み、事の次第を調査してほしい。その結果を見て、人民解放軍は今後の態度を決める。

下手に抵抗すれば、ソ連軍は容赦しない。これは敵味方の理解を越えた部分で、過去に実例がある。

ソ連軍が進撃すると決めたら、その意志がなくなるまで突き進む。前に立ちはだかる者は誰であれ、全力で粉砕する。それがソ連軍だ……以上であります!!」

さすがはソ連軍をもっともよく知る、中国人の判断である。

誰もが薄々とは感じていた。

中国共産党中央政府が瓦解すれば、旧満州地区は主人のいない草刈り場と化すことを。

草を刈る者は、その時その時の状況によって変わる。かつては日本であり、その前はモンゴル民族だった。

そしていま。

朝鮮には合衆国軍を中心とする連合軍が存在し、南には上海から成都に至る広大な土地を手に入れた周恩来一派の新国家が樹立された。

その中で、もはや中華人民共和国は北京周辺を確保するだけの地方政府にすぎない。このままでは、旧満州地区は連合軍の手に落ちる。

ソ連がそう判断すれば、先に奪取しようと試みるのは当然である。

しかも……。

この侵攻には西側による秘密の確約すらあった。

そう、あのチャーチルがスターリンに耳打ちした、盗聴すら許さぬ超極秘事項である。

あの時チャーチルは、朝鮮半島から手を引くなら、その代わりに満州を自治共和国として独立させてもよいと囁《ささや》いたのである。

さすがにソ連領に組み入れるのは、いまの国際情勢では許されない。

しかし、モンゴル自治共和国と同様の、ソ連の息こそかかるが一応は自治が許される半独立国家としてなら、西側としても中国から切り放せるメリットがあるとして容認する。

これが密約の正体だった。

つまり、本日に発生したソ連軍の侵攻は、中国東北部を実効支配している中国人民軍と地方政府を、強引に力によってねじ伏せるためのものであり、あろうことか、西側陣営の御墨つきで実行されたものである。

おそらく旧満州地区の人民解放軍に対しては、ソ連の軍事顧問団などを通じて内々に抵抗しないよう指示が出ていたはずだ。

将来的に満州自治共和国として独立するのなら、そこにいる人民解放軍は、晴れて満州国軍に昇格することができる。共産党の私兵から国家の軍になるのだから、明らかに昇格と言える。

それがソ連軍によって保証されるのであれば、誰も抵抗などしない。

すでに崩壊した中央政府に義理立てして滅ぶよりも、新たな国家の国軍として栄誉ある立場につくのであれば、よほどの忠義に凝り固まった者や毛沢東主義の狂信的信者でもない限り、利益のあるほうにつくのは当然だった。

そしてソ連軍侵攻の意図は、その日のうちに明かされた。

一日の午前七時、モスクワ発の国際短波ラジオ放送により、スターリンの声明が読み上げられたのである。

『ソビエト連邦およびソ連共産党指導部は、世界を新たな大戦に導くことをよしとしない。

この全人類の安寧に基づく決心により、あえて朝鮮戦争から手を引くことにした。現在の朝鮮戦争は、中国人民軍の残党と連合軍の戦いに移行している。

すでに北朝鮮軍は朝鮮北東部の一部を支配しているにすぎない。しかもその支配地域は、日に日に縮小している。いずれ消滅するであろうことは、もはや誰の目にも明らかである。

我々は極東地区の軍事バランスを安定させるため、あえて朝鮮半島を二分し、南北対立による地域勢力の均衡を図ってきた。

それは一定期間有効に働いたものの、アメリカ合衆国による軍事バランスの一方的な変更と南朝鮮政府の愚かな判断により、北朝鮮政府の南進という暴発を招いてしまった。

これはもとより、ソ連政府の願っていたことではない。しかし、北朝鮮政府との間で交わしていた国際条約に基づき、しかたなく間接的な軍事援助をしなくてはならない立場にあったため、国際法に合致した軍事支援を行なうことになった。

だが、よく考えてほしい。ソ連は北朝鮮に正規軍を駐留させないという、南北分割時の確約をしっかり守ったはずだ。確約を守らず軍を駐留させたのは合衆国のほうである。

その合衆国が国連を利用し、安保理全会一致の大原則まで曲げて、国連軍という名の多国籍軍を編成したのもまた、身勝手な国際法の解釈と断定する。

それでも、なお我々は世界を原子爆弾による惨禍から守るため、朝鮮半島を国連軍に明け渡す決心をした。それが一連の軍事顧問団の段階的撤収であり、間接支援の縮小として証明されている。

しかし、正しいと信ずる我々が譲歩につぐ譲歩を迫られ、あくなき欲望に駆られた合衆国が、独善的な正義の名のもとに暴挙の限りを尽くすのは、あまりにも理不尽である。

このことを私は、チャーチル前首相に訴えた。

その結果、本日起こった出来事が譲歩案として提出され、私はそれを呑んだ。

これから先、満州地区は自治共和国として独立させる。その上で、いまだ激変しつつある中国本土の影響を未然に防ぐ、極東地区の防波堤としての役割を担わせる。

これは西側と東側が合意した希有な事例であり、もはや誰であろうとくつがえすことはできない。もしくつがえそうとすれば、それを行なった者は、その瞬間に全人類に対する裏切り者のレッテルを張られ、即座に抹殺されるであろう。

重ねて宣告する。ソビエト連邦およびソ連指導部、そしてソ連軍は、中国東北部の混乱を未然に阻止するため、旧満州地区へ一六〇万に達する大軍を送りこんだ。これはソ連沿海州およびシベリア地区に集まっていたソ連軍のすべてだ。

これらの軍集団は、朝鮮戦争には一兵たりとも投入しない。すべて満州地区安定のための警察軍である。このことを私は、ソ連共産党書記長の名誉に懸けて、ここに誓うものである』

すでに老齢に達し、物事の判断も曖昧になっていると噂されているスターリンが、ここにきて世界の表舞台に強烈な一撃をくわえた。

もしかすると、この文面はスターリンではなく、ほかの誰かがでっちあげたものかもしれないが、少なくともソ連共産党書記長の名を冠した時点で、それはスターリンの言葉となる。

この強烈な宣言に文句をつけられるとすれば、それはアメリカ合衆国しかいないだろう。

だがその合衆国も、盟友である英国の前首相がすでに裏工作を行ない、スターリンと合意した結果に対しては、少なくとも表だっては反対できない。もし反対すれば、世界でもっとも親密といわれる英米同盟が瓦解する。


つまり……。

世界の誰も、この宣言に異を唱える者はいない。

もし毛沢東が生きていれば、間違いなく猛反対しただろうが、それはもはや望むべくもないことだ。

残された朱徳にせよ周恩来にせよ、いまは自分が率いる国を安定化させることで精一杯であり、かつて『化外《けがい》の地』と呼び、歴代中国王朝が中国の版図に含めなかった満州地区のことなど、もはやどうでもよくなっているはずだ。

そして、かつての満州帝国を管理していた日本は発言権すらない……。

これらの事情を総括する者が、どこかにいなければならない。

その役目は事の始まりとなった英国のチャーチル前首相が、いち早く全世界に対して声明を発表することで、きちんと尻拭いを行なったのである。

『ソ連の旧満州地区への進出は、朝鮮戦争を終結に導くためには不可欠な行動であり、すでに西側主要諸国の代表者も承知していることだ。

これは新たな戦争の始まりではなく、すべての事態を終息させるためのものであり、私とスターリン書記長の取り決めにより実現したものである。

北京にあった中国共産党中央政府は、すでに瓦解した。そのため旧満州地区となる中国東北部は、きわめて政治的に不安定な地となった。このまま放置しておけば、地方軍閥を中心とする軍事政権が独立を強行するだろう。

それを未然に阻止するため、ソ連軍は〝国連の武力監視団〟として進駐したのである。

よって旧満州地域の政治的・軍事的安定が達成されれば、ソ連はモンゴル自治共和国と同様に、満州自治共和国の樹立を承認し、国連もこれを承認する予定になっている』

すべての筋書きは、現在は国家元首でもないチャーチルの手によって書かれていた。

これに激怒した英国与党の労働党は、ここまでコケにされてはもはや国政を担うことはできないとし、内閣の即時解散を実施した。

当然、その後を継ぐ内閣がチャーチル率いる現野党になることは、もはや確定したも同然だった。

2

七月六日　平壌

五輌のM4A3E4（赤羽型）シャーマン中戦車と、その間を埋めるように六輌のM24軽戦車が驀進している。

中央の中戦車が街道中央を占拠し、他の戦車は街道左右に展開しつつの雁行陣《がんこう》での進撃である。

全戦車が主砲ではなく車載機関銃を撃っている。

主砲を撃とうにも目標がない。戦車の前方にいるのは、すべて歩兵だからだ。

「左右展開！」

独立第一戦車連隊第三戦車大隊長の大和田友成特任少佐が、中央のＭ４車長席から上半身を出し、腕を振って左右の戦車に合図する。

すぐさま二輌のＭ４と三輌のＭ24が分隊構成となり、左右の荒れ地へ分かれていく。

中央に残ったのは、大和田の戦車一輌のみだ。

「ジープ隊、前へ！」

今度は背後に向かって大きく手をふる。

すると、後方五〇メートルほどにいた六輌の重機関銃搭載型ジープが、エンジンを唸《うな》らせながら横に並んだ。

散発的に銃弾が飛んでくるというのに、大和田の戦車とジープは一旦停止した。

「これより最終突入を実施する、目標、前方八〇〇メートル先の友軍陣地。先方には連絡を入れてある。だから、さえぎる者はすべて敵だ。

無慈悲なようだが、友軍陣地までは、たとえ降伏する敵がいても無視して突き抜けろ。それじゃ行くぞ。前進!!」

早口で一分かからず言い切ると、大和田はふたたび砲塔上部に設置された軽機関銃(日本軍仕様)を構え、前方をうろうろしている人民軍兵士に狙いをつけた。

日本軍は、ついに平壌東部にある海兵隊の阻止陣地に到達した。

いまの命令は、陣地周囲にしつこくまとわりついている人民軍を蹴散らすため、火力のある機動車輌で突入粉砕するためのものだ。

まず大和田の戦車とジープ隊が、街道をまっしぐらに驀進して陣地までの道を切り開く。

左右に分かれた戦車部隊は、人民軍同士で戦っている場へ殴り込みをかけ、双方ともに蹴散らして陣地の西側までのエリアを確保する。

当然、大和田隊の突入した後を、第一機動連隊の装甲車輌が第二波として突っ込んでいく。

しかし、侵攻部隊主力となる歩兵師団や砲兵連隊は後方四キロ地点に布陣し、先遣突入隊が陣地周辺を完全制圧してから、ようやく陣地までの距離を詰めることになっていた。

「大隊長！　撃っていいですかー」

大和田のいる車長席の下のほうから、暇そうな声がした。

「撃つな、馬鹿。海兵さんに当たったらどうする！」

主砲を撃ちたくてうずうずしているのは、大和田の戦車の砲手である。

せっかく火力を高めた赤羽型シャーマンというのに、いまとなっては狙う相手がいない。

組織だった抵抗ができない人民軍の小隊程度なら、車体前面にある固定機関銃か、もしくは砲塔上部に設置された手動式軽機関銃で十分だ。

陣地に籠もる海兵隊員たちも、こちらの戦車を破壊しないよう、主に小銃と軽機関銃で交戦しているらしく、時たま車体に当たる銃弾は、すべて小口径のものばかりである。

むろんジープ隊にとっては、たとえ小口径銃弾でも命取りになる。

そのため車載の超短距離無線電話で、陣地にいる海兵隊にむけて射撃中止を呼びかけていた。

「前方、戦車阻止柵、開きます！」

街道上に設置されている木組みと有刺鉄線、一部鉄骨製の戦車阻止柵が、海兵隊員たちの手で左右に開いていく。

ようやく無線が通じて、迫ってくる部隊が日本軍である確認がとれたらしい。

「ジープ隊、先に入れ」

戦車がにらみを利かせているうちに、ジープ六輛が陣地へ走りこんでいく。

なにしろブローニングM2重機関銃を運転席と助手席の間に搭載（射手は後部座席位置に立って射撃する）しているものの、車体そのものは既存のジープのままのため、小銃弾ですら当たれば破損する。乗員を守る防弾板もない。

ひたすら火力と速度、そして機敏な機動性能だけで強引に敵を蹴散らすための車輛なのだ。

「このまま機動連隊の到着を待つ」

戦車阻止柵の前、かろうじて戦車一輛がすり抜けられる空間を残して陣取った大和田の戦車は、いまじっと、東側から土煙をあげて接近しつつある第一機動連隊の車輛群を見守っている。

先ほどから友軍のものを除き、人民軍からは迫撃砲弾の一発も飛んでこない。

元山方面から逃げてきた人民軍が装備皆無に近いのは知っているが、平壌方面から出てきた大隊単位の人民軍は、いちおう完全武装のはず……。

戦闘車輛が現われたからには、有効な装備で迎撃して然るべきなのに、なぜか小銃や軽機関銃の音しかしない。

もしかすると……。

待機しつつ考えていた大和田は、次第に自分の憶測が当たっているのではないかと思いはじめた。

たしかに平壌から海兵隊の阻止陣地方面へやってきた人民軍部隊は、当初こそ完全武装に近い優秀な装備を揃えていた。

だが、あれから日数がたつにつれて、後方からの補給が一切ないと仮定すると、迫撃砲はあっても砲弾がなく、野砲を据えても砲弾がないという感じで、完全に弾切れを起こしている可能性がある。

それだけ海兵隊の阻止陣地に多量の砲弾が撃ちこまれたことになるが、そのための阻止陣地なのだから、これは想定内のことである。

「これは……勝ったな」

人民軍への補給が途絶えている。なのに人民軍は、撤収せず平壌に居座ったままだ。

これは撤収したくとも、上層部との連絡が途絶えて命令を受けられず、しかたなく現状を維持している状況に違いない。

人民軍のように命令を無視すると命まで失うことのある軍では、往々にして起こりうる事態であった。

ならば無理をせず、気長に投降勧告を実施すれば、相手は最後には折れる。

折れない場合は玉砕突撃もありうるが、幸いにも人民軍は旧日本軍ほど真面目な集団ではないため、自殺特攻するくらいなら軍服を脱ぎ捨てて逃亡する可能性のほうが高い。

「貴官が日本軍の司令官か？」

陣地の中から、米海兵隊の将校が歩いてやってきた。階級章を見ると大佐らしい。明らかに上官である。

「いや、自分は独立第一戦車連隊第三戦車大隊長の大和田特任少佐です。まもなく第一師団所属の第一機動連隊が到着しますので、そうなれば当面は連隊長が最高指揮官となります。

なお予定では、日本陸軍上陸部隊司令官が到着するのは、第一師団の到着と同時となっておりますので、おそらく今夜になるかと。

まあ、あの御方ですから、ひと足先にジープで駆けつけてくるかもしれませんが……」

相手が少佐とわかり、やや気落ちしたのか相手の大佐は小さくため息をついた。

「いやはや、ここ一両日はさすがに疲れた。猛者《もさ》揃いの海兵隊というのに、敵が陣地へ攻めて来るでもなく、陣地周囲で同士打ちばかりしている状況なのだ。

その意味がわからず、頭がおかしくなる隊員も出ている。必死になって陣地を死守するほうが、よほど精神的には健全だ。こんなクソみたいな場所、さっさと撤収してしまいたいよ」

階級からして陣地指揮官らしいが、それにしては感情の抑制がなっていない。それともこの陣地を死守したことで、かなり精神的に参っているのだろうか。

どちらにせよ、早いうちに日本軍部隊が肩代わりしてやらないと、そう長くはもちそうになかった。

「もう大丈夫ですよ。ここへ向かっている日本軍部隊は一個軍団規模です。装備も完備状況ですので、これから十分に戦えます。

それに、まもなく南から米陸軍第一師団もやってきますので、そうなれば平壌確保などあっという間に終了します」

これが後方からやってきた新兵部隊の指揮官の言葉だったら、相手も悪態をついたところだろう。

だが、目の前にいる部隊は朝鮮東岸において孤軍奮闘し、何度も陣地のやり取りをしてきた歴戦の勇士たちなのだ。

まだ太平洋における、帝国陸軍兵士との死闘を覚えている海兵隊員も多い。あの死神のように迫ってくる日本軍が、今回は味方として救援に駆けつけてくれた。

これほど心強いものはない……。

「我々は、いったんソウルまで下がる。このままでは戦えない。なにしろ海兵隊は、ここのところずっと戦ってきたからな。一旦、引いて部隊の休養と再編をしないと……」

そこまで大佐が愚痴をこぼした時。

街道の東方面から、第一機動連隊の機動偵察大隊を先頭とした大部隊が、時速四〇キロもの高速(戦場では十分に高速といえる)を保ったまま近づいてきた。

「そろそろ交通整理しないと渋滞が始まります。すぐ機動連隊長を連れて行きますので、大佐は陣地司令部でお待ちください」

部下すら連れず、一人で陣地指揮官がやってくるなど、もはや末期症状だ。

ともかく司令部へ下がらせて、少しでも正気を取りもどしてもらいたい。そうでもしないと、今後の予定がまったく立たなくなる可能性が出てくる。

到着したら到着したで、大和田にはまだやることがくさるほどありそうだった。

＊

七月七日……。

日本軍が平壌へ到達して一日が経過した頃。

北朝鮮東部においては、最後の大作戦が実施されようとしていた。

作戦に従事するのは、香港に拠点を持つ英陸軍独立機甲師団を中心とする四個師団と、日本軍の交代要員として北上してきたオーストラリア陸軍四個師団である。

攻略目標は、咸興の地下トンネル要塞にたて籠もっている北朝鮮軍総司令部と、その周辺を固めている主力部隊となる。

「ひどい状況だな」

咸興の北にある北朝鮮軍の本拠地へ向かうには、嫌でも咸興市街地を通過しなければならない。

もうこの頃には原爆病のことも知れ渡っている

ため、侵攻する英豪軍の全員が、咸興市街地の街路を機動車輌に乗ったまま最短時間で通過している。

　それを可能とするため、豪陸軍の工兵隊がブルドーザーを使って一本の街路を地ならししたのだが、その時に街路の脇にどけたコンクリートや土の山の中に、無数の白骨やちぎれて腐乱した手足や頭部が混ざっていた。

　すべて原爆による被災者であり、埋葬するのは放射線の二次被爆を避けるため禁止されていることから、いっしょくたにブルドーザーで脇に押しのけただけとなっている。

　その悲惨な光景をトラックに乗った一人の兵士が見て、先ほどの言葉を呟いたのだった。

　だが……。

　咸興の市街地を過ぎるまでは、まったく無抵抗で来られたが、その先はそうもいかなかった。

　なにしろ北朝鮮軍の生き残り二〇万以上が、いまもトンネルのある山地を中心にしてたて籠もっているのだ。

　対する英豪軍は、八個師団九万六二〇〇名。

　攻める側の英豪軍のほうが圧倒的火力を誇っているし、東岸沖には英艦隊も駆けつけている。

　制空権と制海権を確保した上での包囲網なのだから、攻める側のほうが少数だからといって不利とまでは言えない。十分に勝てると算段しての部隊規模である。

　また、北朝鮮側の兵力が多いということは、一日に消費する物資も多いということだ。

　しかし、もはや北朝鮮側には一切の補給路がない。彼らが頼りにできるのは、トンネル要塞の中に備蓄した物資のみである。

　それがどれくらい残っているかは、さすがに英豪軍もわからない。

実際に包囲して、相手がどれくらい反撃してくるかで、おおよその予想はつくだろうが、その反撃が予想以上に激しかった場合、包囲網を喰い破られる可能性もある。

そこで英豪軍は、無理をせずに確実な包囲網を構築するため、トンネルのある地区の周囲四キロ以上離れたかなり広い範囲に展開し、そこにぐるりと包囲陣地を構築しはじめたのである。

むろん北朝鮮側は包囲陣地を完成させまいと、散発的に砲撃を実施してくる。

そうなると、英豪側は相手の砲撃地点を地道に探り、こちらの砲兵陣地や航空攻撃隊を使って、一門ずつ潰す策を実施している。

日本軍が到着して急転直下の状況にある西部方面と違い、こちらは地道かつ忍耐強い戦いを強いられる状況である。

それはまるで、かつて帝国陸軍がフィリピンのコレヒドール要塞を包囲し、最後には陥落させた状況に似ているかもしれない。

あの時、要塞にたて籠もったのは連合軍側であり、攻めたのは日本軍……いまの北朝鮮軍の一部もかつての日本軍だったことを考えると、まさに皮肉以外のなにものでもなかった。

3

七月一〇日　北朝鮮・咸興

北朝鮮軍の総司令部と朝鮮革命政府が入る大規模地下トンネル要塞は、咸興から北東方向の山間部を川に沿って一八キロほど行ったところに最初の出入口がある。

そこは川の分岐点になっていて、東にある谷を川沿いに行き分水嶺を越えると、最終的には日本海に面した宏源《ハンゴン》の町に至ることができる。

また、川の分岐点を北へ向かうと、延々と山間部を踏破することになるが、狙われやすい海岸部を通らずに中朝国境に至ることもできるし、朝ソ国境の町ソンボンやトマンガンへ逃れることも可能だ。

むろんトンネル要塞の出入口は、川の分岐点にある二箇所だけではなく、合計で八箇所以上あると目されている（十数箇所という報告もあった）。

これらは出入口の数箇所を破壊・崩落させられても、別の出口を使って脱出するためのものだ。

当然、何箇所かの出入口は巧妙に擬装されていて、そのうちの二箇所ほどは、わざと出入口を埋め戻して外部から侵入できないようにしてあるらしい。

緊急時には、内部から少し掘れば外に出られる仕組みであり、おそらくそこが最終的な緊急脱出口なのだろう。

トンネル陣地の中は、いくら連合軍が情報を集めても、確実なことはあまりわからなかった。

北朝鮮軍は、連合軍にトンネルの内部構造を知られることを極端に恐れているらしく、トンネル内で任務についている中核部隊（総司令部直率部隊）ですらも、担当部所へ至る通路以外は立ち入り禁止にして、要塞の全体構造を知られないよう細工がなされている。

おそらく要塞の全体構造を把握しているのは、北朝鮮軍ではなく北朝鮮労働党政治局と思われる。すなわち、政治将校と政府首脳だけが知る立場にあるはず。

ただし、いかにトンネル要塞といえども、しょせんは手掘りのトンネルにすぎないため、内部に大規模な部隊を潜ませるのは無理だ。

せいぜい武器・弾薬庫や食料庫／貯水施設／炊事施設、通信施設、一部の重火器、内部治安を維持するための党直属部隊の詰所、そして政府の各部門が入る部屋、政府首脳の私室などを作るのが精一杯と思われる。

となると北朝鮮の本拠地を守る主力部隊は、どうしてもトンネルの外に置くしかない。

その主力と思われる部隊と、原爆の被害にあった咸興市街地を避けて本拠地へ急迫している英国軍機動部隊が激突したのが、七月八日の未明のことだった。

＊

「海軍部隊へ至急連絡！　空母航空隊による支援爆撃を要請する!!」

川の両側にある幅一〇〇〇メートルほどの平地を、ほぼ自然堤防の上を進むかたちで進撃していた英陸軍独立第六機甲師団所属第二機甲偵察大隊は、いきなり左右の山の中腹から無数の砲撃を受け、自然堤防の上で立ち往生してしまった。

「後方に緊急伝達だ。このままでは先鋒部隊が後退できん。後続の戦車大隊と機動歩兵連隊は、ただちに左右の平地に散開して、第二機甲偵察大隊の後退路を開けろ。早くしないと全滅するぞ!!」

第二機甲偵察大隊のすぐ後ろにいた師団司令部連絡小隊のカジェット少尉は、いま目撃している危機を、ただちに師団司令部へ連絡するよう部下に命じた。

カジェットの小隊は、あくまで先鋒部隊と戦車大隊などの第二陣の部隊を円滑に機能させるため、常に師団司令部との無線回線を確保しつつ、両部隊の間で監視および通信伝達任務についている。

監視や通信任務が主のため、武装はきわめて軽い。

自分たちの身を守るための個兵用小銃と小隊装備の軽機関銃が一挺、あとは拳銃弾を使用する短機関銃が何挺かあるのみ。これは小隊長用と無線トラックの運転手用らしい。

カジェットはなんと、一九四八年にランドローバー社が販売した『ランドローバー・シリーズI』に乗っている。この四輪駆動車は市販車であり、英軍が制式採用したものではない。

なのに朝鮮へ持ちこまれているところを見ると、将来的な軍事採用を検討するため、ランドローバー社が無償で提供して実戦テストを行なっているのかもしれない。

「小隊長、ここもそろそろ危なくなってきました。報告がすんだんですから、さっさと後退しましょう」

無線トラックから降りてきた分隊長のオードリー軍曹が、七〇〇メートルくらいしか離れていない山の斜面を見ながら言った。

「そうだな。北朝鮮軍も、ここまで来ると必死になっているらしい。山の斜面に掘られた退避壕内から、野砲や迫撃砲を撃ちこんでいる。それらを守るため、林の中には機関銃を据えた土嚢陣地や塹壕陣地が構築されているようだ。

こうなると、爆撃支援だけでは殲滅できん……どうしても歩兵部隊による陣地潰しが必要になる。となると我が師団の役目というより、咸興郊外で待機している豪州軍二個師団の役目になるな」

——ドガッ！

いきなりランドローバーのすぐ近くで、八センチらしい迫撃砲弾が炸裂した。

「大丈夫か」

反射的に身を伏せたカジェットは、ランドローバーに乗車したままの運転兵に声をかけた。

「右腕に小さな破片が刺さりましたが、たぶん大丈夫です。そんなに傷は深くありません！」

ハンカチと銃剣の鞘《さや》を使って応急的な止血処理

をしながら運転兵が答える。

「これ以上、被害を出せない。オードリー、トラックを先にバックさせろ。下の農道を使って後方へ退避する。農道だと敵に狙われやすいが、このまま後続部隊が整理されるのを待っていると殺《や》られてしまう」

「了解しました！」

たいして役には立たないだろうが、カジェットは小隊長用に合衆国から供与されたトンプソン短機関銃を斜面に向けて乱射しながら、トラックへ向かうオードリーの掩護を行なった。

オードリーがトラックの助手席に乗り込むのを確認すると、ようやく自分もランドローバーへ乗り込む。

「第二機甲偵察大隊の最前列にいる軽戦車中隊は奮戦中ですが、周囲を守る歩兵小隊は、いずれも大きな被害を受けつつあるようです。最初に重機関銃装備のランドローバーを対戦車無反動砲《RPG》で潰されたのが痛いですね」

運転兵は巧みなハンドルさばきで、ランドローバーを狭い自然堤防の上から下の農道へ向けて、ブッシュに覆われた緩斜面を駆け降りるよう移動させている。

彼が言うように、カジェットが最後に確認したのも、左右の山の斜面からＲＰＧ‐２と思われる個兵用対戦車無反動砲の発射煙が立ちのぼり、その直後、複数のランドローバーが爆発炎上した光景だった。

軽戦車を狙わずにランドローバーを狙うのは、戦い慣れている証拠だ。

歩兵にとって軽戦車は手ごわい相手だが、山の中に陣地を構えて潜む歩兵には意外と戦車砲は効き目がない。それよりも威力絶大なのは、絶えず弾丸をばらまく機関銃だ。

その機関銃が車体固定になっている軽戦車だと、目標を定めるのにいちいち車体を動かさなければならない。

これに対しランドローバーに搭載されている重機関銃は、合衆国軍のジープ搭載型と同様に、前後の座席中央に手動で自由に角度を変えられる旋回機銃として搭載されているから、たとえ走りながらでも撃つことが可能だ。

だから、まず四輪駆動車搭載の重機関銃が狙われたのである。

相手は北朝鮮軍の精鋭部隊……。

これまで相手にしてきた末端部隊とは違う。

いかに物量で圧倒している連合軍とはいえ、安易に考えていると痛い目にあう。なにしろ相手は、もう後がないのだ。

北朝鮮軍の背後には広大な朝鮮北東部の山間地が広がっているが、ここで殲滅できなければ、山間地を延々と朝ソ国境や中朝国境まで追い詰めていく掃討作戦しか取りようがない。

これを実施するとなると、いたずらにソ連軍を刺激することになる。そうしないためにも、ここ咸興で決着をつけたい……。

少なくとも英国陸軍は、そう考えていた。

＊

「駄目です。ソ連中央からの連絡がありません……」

北朝鮮総司令部のある地下トンネル要塞内。

しかも地下三階まで掘り下げられ、四方上下を鉄筋コンクリート製の分厚い壁に囲まれた司令長官室で、北朝鮮軍の最高指導者・金日成中央委員会委員長が、総司令部通信部門の責任者から報告を受けている。

「ううむ……やはりソ連指導部は、北朝鮮を見捨てる代償として、チャーチルと旧満州地区を確保する密約を交わしたのか。ならばなぜ、我々が旧満州地区へ撤収することまで拒むのだ？」

　日本ではあまり知られていないが、金日成率いる北朝鮮労働党は別名『満州派』と呼ばれている。

　これは現在の北朝鮮政府首脳たちが、『東北抗日連軍』の出身者たちで構成されていることに起因している。

　つまり、金日成一派の出身地はもともと満州であり、大戦後に北朝鮮国内にいたゲリラ組織を粛清したのち、ソ連の後押しで北朝鮮人民共和国を建国したのである。

　金日成にとって北朝鮮はあくまで出先の場所であり、北朝鮮を放棄して満州へ戻り、態勢を立て直すことは当然の行動なのだ。

　それをソ連が無視することで拒むとなれば、ソ連は金日成を見捨てる代わりに、別の誰かを擁立して満州国の再建を図っていることになる。

　これは金日成にとって青天の霹靂であり、また身の破滅であった。

「ソ連は、もはやアテにならんか……。しかたがない。忸怩《じくじ》たる思いだが、パク・イルウ中朝連合司令部副長官に打電して彭徳懐《ほうとくかい》司令官と連絡をとれ。

　朝鮮人民軍総司令部は現在、連合軍の猛攻を受けて危機的状況にある。そこで中朝連合条約に基づき、中国人民軍の即時かつ全面的な武力支援を強く要求する。

　現状がきわめて危機的であるため、要求に対する返答の拒否もしくは無視は重大な条約違反と判断し、即時条約破棄および、北朝鮮国内における中国人民軍の非合法宣言を全世界にむけて発表する。返答期限は五時間後とする。以上だ。送れ！」

たしかに危機的状況には違いないが、金日成も大博打に出たものだ。

もしこの賭けに負けたら、北朝鮮国内にいる中国人民軍すべてが非合法化され、一気に国連軍に錦の旗が立つことになる。

なにしろ戦争当事国の一方で、かつ支援を要請した張本人の北朝鮮が、中国の軍事派遣を今後一切拒否する、続行した場合は他国からの侵略として非合法化すると言い放つのだ。

これは中国共産党政府にとって、絶対にさせてはならない行為であった。

「総司令部南方一二キロ地点で阻止中の連合軍部隊の後方から、戦車部隊を含む大部隊が接近中との偵察報告が入りました！」

地下三階にある司令長官室のとなりには、委員長専用通信室が設置されている。

ここは二階上にある総司令部の通信室を経由せずに直接、北朝鮮軍の基幹基地へ連絡を送るためのものだが、いまとなっては総司令部周囲に展開している司令部防衛軍にしか通じていない。

そこからの連絡が直接、地下三階に入った……。

だが、いま金日成の目の前には、総司令部通信部門の責任者である通信局委員が立っている。

ということは、すでに総司令部内の指揮系統に乱れが生じはじめている証拠だった。

「通信委員、貴様の部門は何をしている。上が混乱していて対処できないから、直接委員長通信室に連絡が入っているではないか。さっさと上へ戻り、状況を改善しろ！」

怒鳴られた通信委員は、血相を変えて部屋を出ていった。

ちなみに地下三階とか地下一階といった表現は、あくまで要塞内部の構造的なものであり、地下要塞そのものが標高五〇〇メートルほどの山の中腹を掘り下げた場所に造られている。

　したがって絶対標高でいえば、いま金日成のいる場所は要塞入口の標高から地下三〇メートル付近、山の頂上からは三六〇メートルほど地下にあたることになる。

　むろん山の上へ原爆を投下しても、地下要塞はビクともしない。

　出入口付近の地表で爆発させれば、入口に続く直線主坑道は爆風で壊滅状況になるものの、直線主坑道から直角に掘られた要塞入口坑道と鋼鉄製の対爆扉は、たとえ原爆でも破壊できないと考えられる。

　ましてや、要塞中枢部門となる地下三階にある長官室区画は、現在の人類が開発したいかなる破壊兵器であろうと、外部からは破壊できない（おそらく水爆でも無理だ）。

　それを知っている金日成だけに、ここから逃れる場所がなければ、最後の最後までたて籠もり、一兵でも多くの連合軍将兵を倒すつもりらしい。

　ただし、そう意気込んでいるのは金日成だけであり、すでに二階上の総司令部が混乱している現状を見ると、金日成の手駒として全滅を強いられそうな部下たちの間では、早くも軍の内部崩壊が始まっている気配が濃厚だった。

4

七月一六日　北朝鮮・咸興

一四日の夕刻……。

　ついに洞庭湖方面から、オーストラリア陸軍部隊の増援二個師団が到着した。同時に英国陸軍の一個歩兵師団も、主力部隊増強のため駆けつけてくれた。

　この三個師団を左右にある山の斜面にぶつけた

英国主力部隊は、ほぼ力まかせで正面の北朝鮮軍主力部隊を突き崩しにかかった。

そして一日半。

左右からの支援を失った北朝鮮軍は、とうとう地下トンネル要塞のもっとも南側にある入口の近くまで攻め上がられてしまった。

ここは川が合流する地点で、攻める英国側から見ると、川の向こう側にあるV字型に山が突出している部分に出入口があるように見える。

川の合流地点は河原になっていて、そこを狭い水の流れが下流へ向けて下っている。

追い詰められた北朝鮮軍主力部隊は、三分の二が左側の川方面へ退却し、残る三分の一が右側方面へ退却した。

そして正面の出入口付近には、三重になったコンクリート製のトーチカ陣地があり、そこに最終防衛線を守る要塞直率の部隊がいるらしい。

ここが正念場と考えた英国部隊は、東岸沖にいる英空母だけでなく、韓国北東部の連合空軍基地にも爆撃要請を出し、一六日朝に出入口周辺のトーチカ陣地を爆撃で一網打尽にする作戦に出た。

河原の手前一四〇〇メートルにある突き出た岩場の南側に、英陸軍独立第六機甲師団の前線司令部が設置されている。

あくまで前線司令部のため、そこを守っているのは第一機動歩兵大隊のみだが、そこになぜか第六機甲師団長のサー・トーマス・ウエンビル少将の姿があった。

ウエンビル師団長は、岩場の陰になって敵側からは見えない河原広場へ師団隷下の各部隊長を集め、いま作戦説明の最中である。

「いいか。爆撃はまず、陸上爆撃機による緩降下爆撃と焼夷弾投下が実施される。これで露天陣地そのものと周辺の木立すべてを焼きつくす。この爆撃は、おおよそ四〇分ほど続くらしい。

次に英海軍空母の二個航空隊が、急降下爆撃で要塞出入口とトーチカ陣地を破壊する。

艦上戦闘機も通常爆弾をぶらさげてくるが、これは入口付近にいる敵歩兵殲滅のためだ。爆弾を投下したあとの艦戦は、機銃弾が尽きるまで支援銃撃を行なってくれる予定だ。

この艦上機攻撃が三〇分ほど。両者の爆撃は連続して行なわれるため、一時間と少しで終了となる。その後は、まず戦車大隊から強行偵察小隊を出し、河原の途中まで進ませて様子を見る。

もしトーチカ砲が生き残っていれば、戦車を引きもどし、間髪いれずに砲兵部隊による集中砲撃を実施する。砲撃が終了したら、また戦車小隊を出して偵察……敵のトーチカからの砲撃がなくなるまでこれをくり返す。

トーチカ砲さえ潰せたら、あとは一気に攻める。

それが昼前になるか午後になるか、はたまた夕刻か深夜になるかは相手次第だ。

突入判断が下ったら、第一機動連隊と戦車大隊、そして歩兵師団で総攻撃をかける。

ともかく、川向こうにある出入口を確保するまで総攻撃は終わらない予定だ。

そして出入口を確保したら、そこから内部へ侵入が可能か検討が始まる……が、おそらく敵も我々を中に入れないため、色々と罠を張っているはずだ。

下手をすると川向こうのトンネルは囮専用で、安易に中に入ったらトンネルごと爆破して崩落させるつもりかもしれん。

北朝鮮側からすれば、敵が接近しているトンネルなど爆破処理するのが当然であり、他にいくつも出入口があるのだから、痛くもかゆくもないはずだ。

だが、それでいい。我々は一つずつトンネルの出入口を潰していく。すべての出入口を潰したら、我々の勝ちだ。

むろん敵も、最後の脱出口から山間部へ逃れるつもりでいるだろうから、そう簡単にはいかん。

ここが北朝鮮の総司令部であることは、いまとなっては誰もが知っている。したがって、たとえ敵が脱出に成功したとしても、北朝鮮軍が最大の根拠地を失う事実は変えられない。

すなわち、北朝鮮軍は取り返しのつかない大敗北を喫し、惨めな敗走状態に陥った……そう世界へ知らしめることができる。

そうなれば、もはや戦況の回復は不可能だ。ソ連や中国も、逃げ延びようとする北朝鮮軍を自国領土へ引き入れれば、のちのち国際社会で不利になることを知っている。うまくいけば我々は、朝鮮領内で残敵掃討が可能になるかもしれない。そして……戦争は終わる」

まだ北朝鮮には中国人民軍が居座っているというのに、まるで英国軍が北朝鮮軍を殲滅すれば戦争が終わるような言い方だ。

まあ、それも間違ってはいないが、やや説明不足なのは否めない。

正確には朝鮮内乱は終了するものの、中国共産党人民軍と連合軍の戦争は継続される。

この戦争を正式に終わらせるためには、中国共産党政府もしくは連合軍のどちらかが敗北宣言するか、もしくは停戦協定を結ぶしかないのだ。

現状を見る限り中国共産党政府は、北京と天津に原爆を落とされたせいで朝鮮戦争どころではなくなっている。

一刻もはやく手駒の人民軍を北京周囲へ呼び戻し、周恩来率いる新国家の圧力をかわさなければ、そのうち内部クーデターなどにより共産党政府は瓦解してしまうだろう。

総本山の北京を守るので精一杯なのだから、とても旧満州地区まで手がまわらない。

そのことを一番よく知っているのは、旧満州地区にいる地方軍閥たちだ。

侵攻してくるソ連軍に対し、旧満州北部（黒竜江地区）を牛耳っている哈爾浜《ハルビン》人民解放軍司令部は、さっさとソ連軍に恭順する意志を示し、進んで基地や飛行場、司令部などを明け渡した。

旧満州中央部（吉林地区）を支配している長春人民解放軍司令部は、北京中央の影響力が強かった長春市共産党支部を武力制圧し、軍事クーデターによる実権奪取を実施した。

これは長春の共産党支部が指揮下にある人民解放軍に対し、ソ連軍の絶対阻止を命じたことに対する拒否行動だった。

いまのところ北京政府にしたがっているのは、旧満州南部に該当する瀋陽地区の人民解放軍のみだ。

北朝鮮側にとってみれば最後の頼みの綱というべき瀋陽地区解放軍だが、じつは半数以上の手駒が、すでに西の錦州方面へ向かっているため、ソ連軍を阻止すべき兵力は、たった四〇万程度しか残っていない。

朝鮮半島へ五〇万以上を派遣した上、残りの半数以上を天津方面に迫っている上海勢力の新軍（すでに人民解放軍ではないため、暫定的にそう呼ばれている）に対処するためとられてしまい、瀋陽市付近に残っているのは四〇万のみ……。

これでは、ソ連軍単独で攻めてきても阻止できない。

旧満州地区へ攻め入ったソ連軍は、おおよそ一六〇万。しかも最強の完全武装した正規軍である。

その上で、寝返った黒竜江地区と吉林地区の地方軍閥が参加すれば、最大で二〇〇万が上乗せされる。

　これは北京政府が掌握している人民軍すべてより多い。つまり旧満州地区は、戦わずしてソ連の手に落ちたも同然である。

　天津もいずれ上海政府が掌握すると考えられるため、おそらく錦州付近でソ連軍と上海の新軍が出会い、そこで不可侵協定を結ぶことができれば、ようやく朝鮮戦争が終わることになる。

　そこに国連軍は関与しないものの、間接的に周恩来政権（成都政府と上海政府は周恩来をトップとする合同政府のため、連合軍は単一国家として見ている）は連合軍に対し宥和的な交渉を申し出ているため、国連軍も朝鮮半島から中国領域へは攻め入らないで様子を見る可能性が高くなっている。


——ズドドドドドッ!!

　地響きとともに、陸上爆撃機による集中爆撃が始まった。

「おっ！　護衛の陸上戦闘機が、左右の斜面に銃撃をしてくれてるぞ!!」

　前線陣地の後方二〇〇メートルで、河原にある大きな岩の陰で休んでいた第六機甲師団司令部連絡小隊のカジェット少尉が、嬉しそうな声をあげた。

　カジェットの小隊は、前線司令部と後方四キロ地点に設営されている師団司令部のあいだの連絡任務についていたが、運悪く爆撃開始に巻き込まれてしまい、師団司令部へもどるタイミングを失っていた。

　前線司令部と師団司令部の連絡なら無線で行なえばいいと考えるかもしれないが、命令書や作戦指令書など、口頭でしか伝えられないものもある。

それらを手渡すためにカジェットの小隊が必要なのだ。

「もう少し敵の砲撃が弱まったら、ブルドーザーが作ってくれた河原の道を一気に駆け抜けることができそうですね」

あい変わらずカジェットの横に影のようにつきしたがっているオードリー軍曹が、すぐ後ろに止めてある無線用トラックを気にしつつ聞いた。

「馬鹿、言え。多少敵の攻撃が弱まったとしても、何もない河原の道をランドローバーとトラックの二輌だけで突っ走ってみろ。たちまち敵の目を引いて集中砲撃されてしまうだろうが。

ここはひとつ、安全になるまで見物するに限る。幸い俺たちには無線用トラックがあるから、最低限の報告任務はできる。

文書の配達なんかは戦闘終了後でいいさ。ここまで来たら、誰も戦死とか負傷なんかしたくないだろう?」

どうやらカジェットは日和見《ひよりみ》を決めこむつもりらしい。

「そういうことなら、もう少しトラックを岩陰に寄せます。狙われたらイチコロですからね」

「ああ、しばらく敵の標的になるのは、河原に戻ってきた豪州軍部隊に担ってもらおう」

他人任せの酷い判断だが、そこは司令部直属の連絡小隊。彼らの任務は情報や書類を間違いなく届けることであり、最初から戦うために組まれた小隊ではなかった。

その役目なら戦闘の専門家たちが大勢いる。

爆撃に先立ち、山間部へ攻め入っていたオーストラリア軍の二個師団は、誤爆を避けるためにすべて川の両側にある狭い平地部分へ撤収している。

これ幸いと生き残っていた北朝鮮軍の砲兵部隊が砲撃を再開したが、その砲撃煙を戦闘機隊が見逃さなかったらしい。

戦闘機による斜面銃撃を見たオーストラリア軍も野砲や迫撃砲、重機関銃などを使って、ここぞとばかりに応戦しはじめた。

＊

一六日夕刻……。

それは、突然の出来事だった。

英国海軍部隊の空母艦上機部隊が二度めの爆撃を実施したあと、いよいよ英国軍の主力部隊にオーストラリア軍二個師団まで加わり、夕刻の総攻撃命令が下った。

総数六〇輌の中型戦車で半円状に包囲網を敷き、北朝鮮軍のトーチカ陣地からの反撃がなくなるまで、徹底的に戦車砲で砲撃を加えた。

そして午後七時八分、歩兵部隊による河原横断突入の命令が出た。

後方に布陣した砲兵部隊の短い砲撃支援の後、残る八〇〇メートルを一気に歩兵部隊と軽戦車部隊が攻め込んで行く。

その間も小口径の迫撃砲が数百発単位で撃ち込まれ、たとえ北朝鮮軍が最後の抵抗を試みようとしてもできないよう、徹底した支援攻撃が実施された。

そして、歩兵部隊の尖兵となる機動工兵中隊が、出入口近くに張られた有刺鉄線網を排除しようとした瞬間、半壊した出入口の奥から、凄まじい大音響と爆風が吹きだしてきたのである。

当初、前線司令部は、この爆発をトンネル破壊のためと考えていた。

それは事前に予想されていたものであり、破壊しなければ連合軍を内部へ侵入させることになるため、なかば必然の出来事と判断したのである。

ところが……。

最初の大爆発のすぐ後、まったく違う方向――左手にある川沿いに上流方向へ二〇〇メートルほどさかのぼったところにある、もうひとつ判明していた別の出入口からも、同じような大爆発を示す爆風と噴煙が巻きおこったのだ。

その後も時間の間隔こそバラバラだったが、数十秒から十数分の不定期な間隔をおいて、トンネル要塞があると想定されていた山の全周にわたり、十数回もの爆発が確認された。

そして最後に、山の斜面の一部が崩落するほどの大爆発が発生した。

その威力は原爆ほどではないにせよ、最低でも一〇〇〇トンほどのTNT火薬を一度に爆発させたくらいあった。

どう見ても主要な弾薬庫などが、内部の手引きにより意図的に爆破された結果に見える。

当然、要塞内部には、凄まじい爆圧で無数の崩落と破壊が生じたはずだ。

そして翌朝……。

山の北側を捜索していた機動偵察大隊が、少人数の北朝鮮軍士官を発見した。

彼らは制服こそ着ていたが、武器はなにも持たず、腹をすかして動けない様子だった。

そこで捕虜にするとの告知のあと、山の斜面を救護兵たちに背負われて降り、河原に待っていた輸送トラックで前線司令部まで運ばれてきた。

すぐに食事があてがわれるとともに、尋問が始まった。

尋問の結果は衝撃的だった。

トンネル要塞内で、金日成委員長を中心とするソ連への亡命派と総司令部の徹底死守を主張する政治将校派が分裂し、内部で同士打ちにまで発展したらしい。

そして、劣勢に立たされた政治将校派が、絶望のあまり弾薬庫にたて籠もり、自爆を実行した……。

捕虜となった将校は金日成派だったが、肝心の委員長とは脱出するさいにはぐれてしまい、逃げられたか否かは誰も知らなかった。

最悪、自爆に巻き込まれてトンネル内で死亡したことも考えられる。

しかし、確認するすべがない。

すべての出入口が、弾薬庫の大爆発に連動して自動的に爆破破壊された。そのため内部に至るには、長大なトンネルを掘り起こさねばならない。

さらには、たとえトンネルの再掘削に成功したとしても、地下要塞そのものが弾薬庫の大爆発で崩落しているため、すべてを確認するには、いちから要塞を再構築するくらいの手間と期間、そして莫大な予算が必要と判断された。

のちにＧＨＱの下した結論は明確だった。

金日成は確実に爆死した。

このことは捕虜になった北朝鮮将校が確認している。

そして北朝鮮総司令部は、そのまま放置されることが決定した。

明らかに嘘の公表だったが、それを嘘と断定できるのは、捕虜になった北朝鮮軍将校たちと、当時前線司令部にいた少数の指揮官たちのみだ。

味方指揮官に対しては、連合国の情報部門から厳重な箝口令が敷かれ、その後の栄誉ある昇進と引きかえに沈黙を守らされた。

降伏した北朝鮮将校に対しては、戦争責任を問う戦争裁判において恩赦が与えられる代わりに、同じく死ぬまで沈黙を守るよう強制されたという。

……。

北朝鮮総司令部の陥落と北朝鮮労働党の消滅

この事実に、他の地域に少数残って抵抗していた北朝鮮軍残存兵力も、ついに白旗を掲げて捕虜になる決意を示した。

かくして……。

まだ中国人民軍の残存兵力が国内に残っているにも関わらず、『朝鮮内戦』はここに終了したのである。

5

一九五一年九月一日　ソウル

「私は連合軍総司令長官として、ここに朝鮮戦争の終結と、ソウルにおける朝鮮GHQの設置を宣言する！」

廃墟と化したソウル市街で、なんとか形を保っていた西大門区ヒョンジョドンにある迎恩門前。

そこに急遽設置された演台の上で、スタンドにつけられたラジオ放送用マイクを前にして、ダグラス・マッカーサー元帥が高らかに宣言した。

それは朝鮮戦争の終了を示すとともに、日本に次いで二番めのGHQ設置が朝鮮半島に決定したことを知らしめるものだった。

その上でマッカーサーは言葉を続けた。

「東京に設置されている日本GHQは、今年の一二月末日をもって解散する。よって朝鮮半島の国連による直接統治は、朝鮮GHQが実質的に本格稼動する来年の一月一日をもって開始されることになる。

同時に日本は、連合国との各種条約締結と日本国憲法の全面的な改定を経て、同じく一月一日をもって、正式に独立国家として再出発することになる。

本日から年末までの期間は、日本および朝鮮にとって、それらをなすための準備期間となるであろう。

朝鮮半島は、国連委任統治領として然るべき期間、朝鮮GHQにより統治される。その時には、日本において実施されたGHQ統治の経験が生かされることになる。

ただし朝鮮については、早まった国家擁立が内乱勃発の引き金となった苦い前歴があるため、この地区において新たな国家が擁立されるには、おそらく長い時間が必要になるだろう。

最低でも数十年、長ければ数世代にわたる抜本的な住民教育と地道だが将来性のある自立型育成による基礎産業の発展を経なければ、とても独立国家を担うだけの自立心と責任感を持つことはできないと判断している。

安易に他国に頼ろうとすれば、今回のような事態へ追い込まれる。

地域住民が自分たちの国家を持つには、それなりの自立する能力と気位が必要なのだ。それがなく、他国の助力でお膳立てされた結果の独立など、しょせんは偽りにすぎない。

その点、日本は世界大戦の敗北から、よく短期間で立ち直った。私は日本が戦争に負けた時、日本人の精神年齢は一二歳だと公言したことがある。この発言には、良い意味も悪い意味もあった。

日本人は一二歳レベルのメンタリティ、すなわち、まだ思春期に達する以前の純粋な少年少女の感性で国家を運営した結果、稚拙な正義感によって複雑な大人の世界を判断するという失態を演じてしまった。

思春期の葛藤や、成人した頃に感じる理不尽な社会概念を経験することなく、純粋な理論的正義感ですべてを計ろうとすれば、大日本帝国のように世界の情勢を無視して突っ走ってしまうのも当然である。

だが、日本は敗戦と占領という刺激を受け、ようやく思春期を迎えた。そしてふたたび国家として独立することにより、ようやく成人して大人の仲間入りをすることになる。

終戦から六年、当時の一二歳は一九五一年には一八歳になっている。

一八歳ともなれば、世界の多くの国においては一人前の若者と認められ、大人の仲間入りをする年齢だろう。

むろん日本は、これからも愚かな大人にならないため、よりいっそうの精進が必要になる。この人生の円熟へ向けての道のりは長く、終わることはない。アメリカ合衆国ですら、まだ若い国家として人生の途上にあることを思えば、いまは静かに日本を見守ってやるべきだと思う。

この観点からいけば、現在の朝鮮人は、三歳のようやく乳離れしたばかりの幼児と言える。敗戦時の日本人より、さらに九歳も若い。彼らはまず、自己主張をすれば善悪すら自分の思い通りにできると考えている。

欲しいものがあれば泣きわめく。酷いめにあって、相手が守ってくれるのであれば、どのような相手にも笑顔を見せる。相手が強ければ、なりふり構わず逃げる。相手が弱ければ、善悪の概念なく痛めつける。そこに克己《こっき》の精神や矜持《きょうじ》といったものはカケラもない。

それも当然だ。三歳の乳児は、全面的に母親によって庇護されるべき存在であり、三歳の乳児に何かを期待する大人はいない。

なのに朝鮮戦争では、その幼児に大人の義務である軍役を課した。大人の倫理規範を定める場である政治を行なわせた。これが失敗するのは当然である。

我々は日本人の扱いかたを間違えたように、今回も朝鮮人の扱いかたを間違えてしまったのだ。

幸いにも日本人の場合は、六年の月日でこれを修正することができた。しかし朝鮮人の場合は、果たして何年かかるか、いまのところまったく不明だ。まず幼児教育から始め、母親の愛を示し、五歳くらいになったら父親の尊厳も徐々に教えなければならない。

それらを習得した上で、次は人間としての集団活動を学ぶため、小学校で初等教育を受けねばならない。

ここに至って、ようやく社会と接触することになる。そして先輩後輩の概念を学び、やがて年長者となることで幼い下級生の世話もするようになる。

このレベルにまで育って、ようやく終戦時の日本人のレベルに到達できるのだが、ここが国家国民にとってスタート地点でしかないことは、第二次大戦後の日本を見てもわかるだろう。

もし朝鮮半島の住民が独立国家を持ちたいと願うのであれば、まず日本が明治時代から昭和時代にかけて何を考え、何を行なったかを細かく調べ、いまの自分たちに何が欠けているのか、どうすればかつての日本のようになれるかを真剣に学ぶ必要があるだろう。

それらを習得した上で、次に終戦後の日本がGHQの占領下において、どういう制限を受け、その制限の中でどう行動したかを知る必要がある。

これらすべてを学習し、実践し、未来に対しビジョンを持つことができて初めて、ようやく日本のように独立することが可能になるのだ。

我々GHQは、朝鮮半島が独立できるその日まで、朝鮮人が国際基準において成人したと認められるまで、たとえ中の人間がどれだけ変わろうと、末永くおつき合いする所存である。そして朝鮮の未来が、日本同様に輝けるものとなることを、心の底から願っている。

朝鮮の前途は、なかなか大変だ。北にソ連主導の満州自治共和国が設立される。西に周恩来大統領率いる東海民主共和国と四川民主共和国も誕生した。

北西に北京を首都とする中華人民共和国が控えているだけに、どの勢力にも影響されずに地域復興を目指すには、当面のあいだ国連委任統治領とするしか選択肢がなかった。

朝鮮戦争の終了と日本国の独立および再軍備化により、極東情勢はふたたび安定を取りもどすだろう。問題は中国国内の内戦がどこまで波及するかだ。

これについては、すでに中華人民共和国政府を除く関係各政府の同意により、諸外国の内政不干渉を大前提とする国際合意が成立している。

中国内戦がいかなる結果になろうと、国連および諸外国のあらゆる意味での介入を拒否する意志が、国連安保理常任理事国である中華民国から申請されている。

そのため国連では、中華民国の要請に原則としてしたがうとの結論に至っている。

むろん中国の内戦が中国国境を越えて周辺地域へ波及すれば、その時は内戦ではなく侵略行為による地域戦争と判断し、国連軍がふたたび介入する。

その時に核兵器が使用されないという保証はない。ゆえに中国国内の各勢力には、あくまで国内問題として内戦を解決するよう望んでいる。

以上、まだ復興の兆しも見えていないソウルにおいて、あえてラジオ放送演説を行なったのは、これが朝鮮半島の無視できない現実であり、朝鮮人の未来のすべてがここから始まることを、この地に住むすべての人たちの心に刻みこんでほしかったからだ。

先は長い。時には絶望に駆られることもあるだろう。しかしそれは、かつての日本も同じだった。

一九四五年の終戦から六年……日本は過酷なGHQ統治下において、在日米軍予備隊という屈辱的な立場にありながらも間接的な軍を復活させ、なんとか国家としての体裁を整えようと必死になって努力してきた。

その六年あっての国家独立であり、独立後、早期に国連復帰を果たすだろうことは、国連機関に所属する者として、あえてここに確信するものである。

この朝鮮も、一日も早くそのようになってもらいたい。それがGHQ最高司令官としての、偽らざる本音である。では、これにて演説を終わる……」

いまを思えば、これがマッカーサーの最後の晴れ舞台だった。

その後マッカーサーは、早期にGHQ総司令長官の職を辞し、あらためて合衆国共和党員となり、次の大統領選挙へ出馬する意欲を見せた。

これにアルバン・W・バークリー合衆国臨時大統領は、約束が違うと激怒した。

そしてアメリカ史に残る、臨時大統領と新人大統領候補による一大政治劇が幕をあけることになるのだが、それはまた別の話である。

＊

「吉田茂殿。貴君を新たに誕生した日本国の初代総理大臣に任命する」

一九五二年一月七日……。

改正日本国憲法に基づき、国家の象徴宣言を行なった天皇陛下から吉田茂に対し、内閣総理大臣の着任詔書が手渡された。

改正前の憲法に基づけば、日本国は戦前の大日本帝国を国家として継承する存在であるとの理解もできる曖昧な表現があったため、もしそのまま憲法を保持していたら、吉田は『初代』ではなく『歴代総理』を継承する存在になったはずだ。

しかし改定後の憲法には、戦前の大日本帝国を明確に否定し、日本国という名の新たな国家がここに誕生したと記載されている。当然、吉田はその初代総理と呼ばれることになる。

これは明治維新で江戸幕府が明治政府へ大政奉還し、土地としての日本こそ継承したものの、政体としての日本国はリニューアルされたと定義される考え方を全面的に採用したもので、今回も同様に国家をリニューアルしたと国際的に認識を改めてもらえるよう、すべてにおいて配慮した結果である。

ただし、人間宣言と象徴宣言を行なった天皇陛下は、朝廷制度に関しては過去との連続性を維持したことになる。つまり朝廷と国家を分離しなければ、天皇制の継続も認められなかったわけだ。

結果的に、新たに誕生した日本国においては、天皇は『日本国民が歴史的に自分たちの象徴として認識する存在』と定義され、あくまで国民の精神的代表として扱われることになった。

そして国政に関しては、国民の民主的代表として代議士を選出し、その代議士の中から総理大臣を選出し、国家代表となる首相を任せる間接民主制度が採用されたのである。

天皇は国事行為を国民代表として遂行する。だからいま、天皇が国民になり代わって、吉田に着任詔書が手渡されたのだ。これは天皇が認可したのではなく、日本国民が認可したことを示す行為なのである。

この瞬間、吉田は初代日本国首相と日本防衛軍総指揮官を兼務することが決定した。

日本国の独立記念日は一月一日と定められたが、実際の権限行使は、この承認式から効力を発揮する。

また、国政としての実務は各省庁が実動する四月一日を待たねばならないが、そこは朝鮮へ移動するGHQとのかねあいもあり、是々非々で行なわれることになるはずだ。

「慎んで受けたまわります」

儀礼通り吉田は両手で詔書を受けとり、そう答えた。

日本は、ついに独立を果たした。

しかし前途は多難だ。

これからアジア安全保障条約と日米安全保障条約、そして国連へ加盟するための繁雑な手続きが待っている。

吉田としては、日本国が世界に真の独立国家として認められる国連加入のその日をもって初代総理大臣の職を辞し、第一回となる衆参総選挙を実施するつもりでいる。

本来なら衆議院の解散のみですむのだが、このさい、占領時代の名残りを残す両院議会も一気に刷新し、オールニューで新生日本の再出発を迎えたいとの思いから、あえて総選挙を実施するため、修正憲法にもこれらに関する条文改正を盛りこんだのである。

「日本防衛軍……か」

首相官邸へ向かう公用車の中で、吉田はぽつりと呟いた。

あれほど再軍備を毛嫌いしていた自分が、時がたってみれば、日本防衛軍の最高指揮官になっている。

これほど皮肉なことはない……。

そう感じる吉田だったが、心の一部では、再軍備反対派だった自分だからこそ、究極のシビリアンコントロールが可能なのではないか。そうも思っていた。

「しかし……いかに逼迫《ひっぱく》した国際情勢とはいえ、少し規模が大きくなりすぎた。一部に防衛救難隊を入れることで軍事色を薄めはしたが、このままでは国家予算を食い潰す化け物になってしまう。これは早いうちに、軍部のスリム化と近代化の両方に取りかからねばならんだろう。とはいえ、それは引退後だろうから、あとは教え子たちに任せるしかないが……」

吉田のもとでは、吉田学校の生徒たちが着々と育っている。

いま呟いた言葉は、吉田の跡を継いで次の日本国を担う愛弟子たちに送る、老いた吉田からのエールであった。

かくして……。

日本国は、国連および合衆国など西側各国の強力な後押しを受け、戦前とはまったく違うアプローチとはいえ、引き続き極東地域の中核国家として再臨することができた。

朝鮮半島は、共産主義を採用した満州自治共和国に対する意味で、西側の無風干渉地帯として、少数の国連軍と朝鮮GHQ以外には軍事勢力が存在しない地となった。

むろん、そうする意味があったからそうなったのだ。

西側諸国は、朝鮮半島を軍事的空白地域にする代わりに、満州自治共和国内にソ連の軍事力を常駐させない確約を取りつけたのである（昭和三〇年現在、少数の治安維持部隊のみは、まだ駐留している）。

満州自治共和国は、旧人民解放軍を国軍に昇格させたが、少なくとも共産党一党独裁と政党が私兵を持つ悪弊だけは禁止した。

　これが、ソ連が満州自治共和国へ影響力を持つ代償として、西側各国が認めた国家体制だ。必然的に西側の軍事力を極東地区で保持する役目は、独立したての日本国が担うことになった。

　また、中華民国は中国南部を支配地域に入れると同時に、のちに中華民主共和国と名乗るようになる、周恩来初代大統領率いるふたつの地域国家と相互不可侵条約を締結し、ともかく両国間での内戦だけは回避することになった。

　むろん蒋介石も周恩来も、将来的に非軍事的手段により両国の合併吸収を目論んでいることは確かだ。

　そのことは蒋介石が日本に対し、早期に台湾の返還を申し出る旨の打診を行なったことでもはっきりしている。

　周恩来が民主共和国としての経済発展によって国家統一を果たそうとするならば、蒋介石は日本と合衆国を味方につけ、西側の圧力で国家統一を目論む算段である。

　その日本に対する餌が台湾返還なのだから、なかなかあくどい。

　むろん日本は、台湾の統治権を一度は手放した身のため、返還すると言われて、はいそうですかと受けとるわけにもいかない。

　そこで台湾に住む内省人たちの判断に任せるとし、国連の介入も打診した上で、台湾独立か日本併合かの地域住民投票を行なうよう進言した。

　そして、一九五四年（昭和二九年）八月――。

　台湾全土において、国連主導の住民総選挙が実施され、三日間の開票を経て、圧倒的多数での日本併合が決定したのである。

　これによって日本の領土領海がようやく定まった。

北は樺太の南半分と北方四島が日本領と国際承認された。

朝鮮方面は、一度は李承晩ラインによって混乱した竹島海域だったが、その後の韓国政府崩壊とGHQ統治により、あらためて国連裁定で竹島の日本領正式承認と、朝鮮半島と日本の海域中間線が確定した。

これは中国との領海問題も同様で、周恩来率いる中華共和国との国境線確定作業も国連の場で実施され、それまで米統治領沖縄に所属していた尖閣諸島は、正式に日本国台湾道に所属することになった。

また沖縄に関しても、台湾への在日米軍基地の一部移転と時期を同じくして、日本への返還が決定している。

その時期は、まだいまのところ未定だが、おそらく昭和四〇年を待たずに実施されると考えられている。

その理由は、昭和四〇年までに日本は二度の国防五ヵ年計画を実行し、本当の意味での日本防衛軍の骨格を備えると予想されたからだ。

防衛軍を名乗るからには、まず最低でも主力装備については国産できる能力を獲得しなければならない。

そのため一〇年の期間で、防衛産業と基礎防衛研究のための各機関を整備し、足りない部分は同盟を結んだアメリカ合衆国の協力を得るかたちで実現することになる。

とくに遅れが目立つ航空産業とミサイル関連技術（派生として宇宙ロケット技術）については、国策として政府が強力に後押しする制度が作られた。

当然、最先端軍事技術については、アメリカ合衆国との共有も視野に入れての開発となる。

だがそれでも、相互の自由経済を尊重する意味で、企業の自由競争を政府が阻害してはならないとし、企業が開発した軍事技術については厳重な守秘義務とともに、保有企業に対する手厚い権利の保護が確約された。

西側諸国にとり、もっとも避けねばならないのは、ソ連を中心とする東側諸国に軍事技術が流出することだ。

それらを未然に防ぐため、日本にもＣＩＡなみの国家情報機関の設置が求められるようになった。

ただし……。

防衛軍内にそれらの機関を設置するのはたやすいが、戦前のような軍の秘密主義や政治介入の道具にされてはならないため、完全に独立した国の第三者機関として設立できるよう、これまた昭和四〇年をメドに最優先事項として検討が進められている。

果たして、これらの大変革を受け入れた新生日本国と防衛四軍（防衛陸軍／防衛海軍／防衛空軍／防衛救難隊）は、いかなる未来を作っていくのだろうか。

おそらくこれらの集大成は、二一世紀にならないとわからないだろう。

第二次大戦、そして朝鮮戦争を経験した者たちから世代が変わり、戦争を知らない子供たちが日本の軸足を決めるようになる頃……。

その時に後悔しないような国造りを、果たして吉田茂はできたのであろうか。

すべての判断は、ここに未来へと託されたのである。

（異史・新生日本軍　完）

□日本独立後の日本軍および駐留米軍（昭和 30 年度）

◎日本防衛軍
防衛陸軍／防衛海軍／防衛空軍／防衛救難隊

総指揮官　内閣総理大臣
　防衛省　防衛大臣

　防衛省統合指揮局　陸海空防衛軍統合運用組織
　官邸危機管理センター　防衛救難隊を直轄運用する組織

※沿岸警備部隊は、海上保安庁の管轄となった。
※防衛救難隊は防衛省統合指揮局の指揮下ではなく官邸直轄。

1　防衛陸軍　総数 42 万名
　北海道管区基幹防衛群　2個師団
　東北管区基幹防衛群　2個連隊
　北陸管区基幹防衛群　2個連隊
　関東管区基幹防衛群　1個師団／3個連隊
　中部管区基幹防衛群　3個連隊
　近畿管区基幹防衛群　2個連隊
　中国管区基幹防衛群　2個連隊
　四国管区基幹防衛群　1個連隊
　九州管区基幹防衛群　1個師団／2個連隊
　台湾管区基幹防衛群　2個師団

　広域機動群　2個師団
　広域高射群　8個連隊
　諸島防衛群　5個連隊
　独立機甲旅団　2個旅団
　独立支援旅団　2個旅団
　独立ヘリ旅団　1個旅団

防衛陸軍航空団　６個航空隊
独立空挺旅団　１個旅団

台湾特別防衛隊　４個師団

2　防衛海軍　総数８万6000名
正規空母　３隻　艦上機　240
軽空母　４隻　艦上機　160
訓練空母　２隻　艦上機　48
強襲揚陸艦　４隻　ヘリ　16
大型軽巡　３隻
軽巡　６隻
駆逐艦　12隻
通常型潜水艦　12隻
その他　36隻

海軍管区基地　10箇所　基地警備隊　10個大隊
海軍訓練隊基地　江田島／館山／舞鶴／横須賀
海上航空群　国内基地　４箇所
　　　　　　台湾基地　１箇所
　　　　　　航空機　水上機　６機
　　　　　　　　　　大型機　８機
　　　　　　　　　　小型機　24機
　　　　　　　　　　陸上ヘリ　18機

3　防衛空軍　総数５万2000名
防衛空軍飛行隊　８個航空隊
機動爆撃群　１個航空隊
機動輸送群　３個航空隊
基地守備隊　８個大隊

ジェット戦闘機　46
レシプロ戦爆機　52
双発爆撃機　24

長距離偵察機　8
ヘリ　24

4　防衛救難隊　総数6万5000名
※国内有事・災害時の緊急救難活動を統括する部隊。
※救難隊の規模を上回る巨大災害の場合は、防衛三軍が一時的に救難隊の指揮下に入る。この場合、基本的に国内消防・警察と連携して行動するため、首相官邸に対策本部が設置される。
※国外救援活動は防衛三軍が担当する。
※小規模かつ日常的な救難出動は基幹救難隊で対処する。

基幹救難隊　10管区　10個連隊
機動救難隊　10管区　10個大隊
広域緊急派遣隊　3個連隊
特殊支援隊　3個大隊
独立救難輸送隊　2個大隊　輸送艦2
航空支援隊　2個航空隊四個飛行隊　航空機／26
ヘリ／24

5　その他
防衛大学校
潜水艦学校
防衛航空学校
統合教導訓練隊
防衛陸軍特殊訓練センター

6　在日米軍（部隊兵員数は流動する）
在日米陸軍　横田極東司令部　2個大隊
北海道基幹基地　1個師団（帯広）
富士駐屯地　1個連隊
西日本基幹基地　1個師団（熊本）
台湾基幹基地　2個師団（台北／台南）

在日米海軍　横須賀基地　基地守備隊　1個連隊

第七艦隊

正規空母　2

強襲揚陸艦　2

指揮統制艦　1

戦艦　1

重巡　2

軽巡　4

駆逐艦　16

潜水艦　8

その他　26

在日米空軍

帯広航空基地　1個戦闘隊／特殊偵察隊／1個防空隊

横田航空基地　2個戦闘隊／2個爆撃隊／1個防空隊

三沢航空基地　2個戦闘隊／1個防空隊

板付航空基地　1個戦闘隊／1個爆撃隊

沖縄航空基地　2個戦闘隊／2個爆撃隊／1個防空群

台湾航空基地　3個戦闘隊／2個爆撃隊／2個防空群

在日米海兵隊

岩国基地（日本）　1個連隊／1個飛行隊

澎湖基地（台湾）　2個連隊／2個飛行隊

RYU NOVELS

異史・新生日本軍③
変革する未来

2018年2月22日　初版発行

著　者　羅《ら》門《もん》祐《ゆう》人《と》
発行人　佐藤有美
編集人　酒井千幸
発行所　株式会社　経済界
〒107-0052
東京都港区赤坂 1-9-13　三会堂ビル
出版局　出版編集部☎03(6441)3743
出版営業部☎03(6441)3744
振替　00130-8-160266

ISBN978-4-7667-3255-9

印刷・製本／日経印刷株式会社

RYU NOVELS

修羅の八八艦隊	吉田親司
日本有事「鉄の蜂作戦2020」	中村ケイジ
大東亜大戦記①～③	羅門祐人 中岡潤一郎
孤高の日章旗①～③	遙　士伸
異邦戦艦、鋼鉄の凱歌①～③	林　譲治
異史・新生日本軍①②	羅門祐人
東京湾大血戦	吉田親司
日本有事「鎮西2019」作戦発動！	中村ケイジ
南沙諸島紛争勃発！	高貫布士
新生八八機動部隊①～③	林　譲治
大和型零号艦の進撃①②	吉田親司
鈍色の艨艟①～③	遙　士伸
菊水の艦隊①～④	羅門祐人
大日本帝国最終決戦①～⑥	高貫布士
日布艦隊健在なり①～④	羅門祐人 中岡潤一郎
絶対国防圏攻防戦①～③	林　譲治
蒼空の覇者①～③	遙　士伸
帝国海軍激戦譜①～③	和泉祐司
合衆国本土血戦①②	吉田親司
皇国の覇戦①～④	林　譲治